# e se contorce igual a um dragãozinho ferido

**Luiz Felipe Leprevost**

# um igual a dragãozinho ferido
## e se contorce

**Luiz Felipe Leprevost**

2011
Curitiba-PR

*Editor*
Thiago Tizzot

*Capa e revisão*
Frede Marés

Copyright © Luiz Felipe Leprevost

Direitos exclusivos desta edição reservados à
**Editora Arte & Letra**
Al. Pres. Taunay, 130-B. Curitiba-PR.
[41] 3223-5302
www.arteeletra.com.br
contato@arteeletra.com.br

---

L599e     Leprevost, Luiz Felipe

E se contorce igual a um dragãozinho ferido / Luiz
Felipe Leprevost. – Curitiba : Arte & Letra, 2011.
120 p.

ISBN 978-85-60499-31-8

1. Romance brasileiro. I. Título.

CDD 869.93

*Ao meu amor (ela sabe quem é) do Rio.*
*E ao Elísio Brandão, pela irretocável amizade.*

*"Onde
uma paixão bárbara, um amor.
Zona
que se refere aos meus dons desconhecidos.
Há fervorosas e leves cidades sob os arcos
pensadores. Para que algumas mulheres
sejam cândidas. Para que alguém
bata em mim no alto da noite e me diga
o terror de semanas desaparecidas."*
**Herberto Helder**

*Na noite em que vim embora, entrei num ônibus e deixei tudo para trás. Quando o frio ardeu em minhas narinas, eu soube: estava em casa.*

*Cinco anos faz que emborquei lá atrás a Cidade Maravilhosa. E continuo olhando para você nas fotos que trouxe comigo. Cinco anos que almoço quase todos os dias sozinho em restaurantes a quilo.*

*Após o almoço, caminho até a Praça Osório, de lá vou para o Largo da Ordem. No Sal Grosso bebo um copo de suco de laranja muito ácido, não feito um condenado, porém um carrasco de mim mesmo.*

*Fiz-me diversas vezes essa pergunta: Por que você voltou? Não é nenhum segredo.*

*Seria muito belo tudo isso caso tivesse sido mais simples. Quais os motivos então? Basicamente das que me presentearam com um ácido boquete, a dela parecia ser a boca mais meiga. Ela escorregava seu corpo damasco derretido sobre o meu. Uma lâmina que conhecia meu umbigo. 69, nariz. O cheiro de uma pessoa pode ser um desespero. O toque de uma pessoa pode ser um deses-*

*pero. Até o desespero de uma pessoa pode ser.*

*Eu a penetrava também com olhos e pálpebras, sal sobre a lesma, protetor solar em queimadura de terceiro grau. Odores das axilas, fedores das virilhas. Eu a degustava, enólogo, especialista em líquidos e fragrâncias combinados. Mas não se domina uma mulher, assim como não se domina o mar ou mesmo nuvens. Não se dominam lágrimas, secreções, infernos.*

*Havia mesmo um par de motivações. Beijar seu ventre era o mesmo que não dar fim ao que nos fazia morrer de esperança em esperança acreditando que as flores eram por onde o inferno respirava. Em nós só o que havia eram sequências irresponsáveis de ressurreições para gemidos futuros, em orgasmos lavados por novas labaredas purificadoras.*

*Desde cedo sabia, tinha me transformado em seu estômago, em suas amígdalas, suas sobrancelhas. Ela em meu fígado, pulmões, tímpanos. Não tínhamos sequer reparado no resvalar de dedos no momento em que pedimos água de coco prosaicamente, no dia em que tudo começou e começamos desde as conversas preliminares, que são já um jeito de trepar com quem se trepará.*

*Um dia, quando vi, meus braços tinham sido transformados em tentáculos de polvo, querendo abraçar sua ausência. Lembrei por tanto tempo a pele e a bocarra dela como as de um crocodilo que ficava ao meu lado um pouco e sumia. Minhas mãos em pinças, patolas de caranguejo, não a impediam de partir.*

*Nossa ternura era feita de garras, não de dedos. De chicotes, não línguas. Camisas de força, não abraços. Chave e fechadura.*

*Mas deixa eu contar do começo.*

A escuridão do mar parecia um lençol ensanguentado. Molhei as canelas no rasinho. O céu tinha uma textura de pólen. Era o domingo entardecendo. Uma sinfonia policromática de pássaros, prédios, buzinas. Havia corpos saudáveis estirados na areia. Surfistas pedalavam o amarelazul da tarde. Guarda-sóis rodopiavam. Eu queria ser um daqueles garotões do Posto-9. Mas estava com meus sapatos de recém chegado. Suava embaixo da calça jeans. Era apenas mais um inofensivo pinguim fora do bando.

Avistei uma garota saindo do mar. Meu rosto enrugou não sei se ferido pelo sol ou se porque o corpo dela reluzia igual a lataria de um automóvel encerado.

Muitos otários devem ter se aniquilado em..., pensei.

Vestiu a saída de banho, calçou as sandálias, óculos escuros, prendeu os cabelos molhados, a bolsa e cadeirinha de praia debaixo dos braços, um cigarro nos dedos. Caminhou na areia fofa com a mestria de quem foi criada no ritual. Os pés afundavam na areia, os chinelos escapavam dos pés, mesmo assim dançava pisando em línguas assadas de benflogin, em melodias de bossa-nova.

Eu queria virar um rato de praia, viver do cachê de shows de voz e violão no Mistura Fina. O capeta era tropicalista e eu queria atear fogo nas omoplatas para me lançar do alto da Pedra da Gávea. O sol se punha sem ser aplaudido como recomendava a ultrapassada tradição dos maconheiros de Ipanema. O sereno se injetava em meus ouvidos.

A garota parou ao meu lado no quiosque e pediu água de coco. Eu estava ali me refrescando com um sorvete de limão. Ela segurou o coco no exato momento em que eu tentava tirar um guardanapo do suporte, então nossos dedos se tocaram.

Desculpe, sussurrei.

Ela fingiu que não ouviu (ou não ouviu mesmo). Pagou com moedas e falou ao vendedor que ficasse com o troco. Sentou na cadeira de plástico com slogans de cerveja e bebeu rapidamente o coco, depois saiu mastigando o canudinho. Pude ver suas formas de perto. Ela estava com os cabelos presos e a fúria de sua nuca me estapeou.

Uma babá que empurrava o carrinho de bebê se distraiu olhando para o surfista que passava parafina rosa em sua prancha. A garota jogou o coco na lixeira e soltou um "que saco" ao quase ser atropelada pelo carrinho enquanto atravessava a ciclovia.

Ia com uma pressa preguiçosa, já atravessando as duas pistas da Delfin Moreira. Mais adiante o quarteirão da Vinicius de Moraes. Chegou na Visconde de Pirajá movimentada. Mais ou menos 19:20, horário de verão. Esperou no ponto de ônibus, na fila do integração para o metrô. Stones, depois eu soube, rolando as ladeiras de seus miolos no iPod.

De repente, a três metros de mim, ela enfiou a mão por dentro da saída de praia e arrancou a parte de baixo do biquíni. Fiquei boquiaberto, eu que naquele momento mastigava o mormaço da tarde feito comesse pilhas que se alojam no estômago.

O corpo dela coberto apenas com o pano fino e quase transparente, indefeso ao movimento de qualquer mísera brisa. Ninguém pareceu ter notado que ela tirou a calcinha em público. Eu roia as unhas ansioso. Eu, que tinha vindo para essa cidade agachado, esfolando os joelhos, deixando nacos de esperança lá atrás, atravessando túneis, pontes, pestes, pistas, privações, sempre me esgueirando igual um fugitivo. Ela estava tão perto e eu paralisado. O ônibus chegou lotado, três passageiros desceram, sete subiram. Meu Deus, por que diabos eu fazia contas? Não cabe mais ninguém, latiu o motorista respondendo aos ataques da gorda que derretia igual a uma lasanha no microondas. Minha visão embarcou, era o inusitado indo embora sem aceno.

Caminhei na direção da praia novamente. Escutava grilos, pássaros e sirenes de ambulâncias. Era possível que a trajetória de um balão afundando no céu movediço estivesse me dando a ideia de fazer o que estava indo fazer. A noite se instalava feito um escândalo, atropelava os sorrisos dos veranistas. Uma mancha, a escuridão era uma mancha, um lençol ensanguentado.

Definitivamente, não era um domingo para milagres. Deixei que ela partisse sem ao menos perguntar seu nome. De repente pisava novamente as areias de Ipanema encarando o mar de frente. Encarando alguma coisa de frente. Fui até a beira, tirei as roupas e me lancei contra as ondas. Nadei para o fundo até um ponto onde ninguém podia me enxergar ou me escutar. De onde eu vinha despencando a vida toda, que pontes suspensas sem apoio de duas margens, que poentes contemplados pelo lado avesso, lá atrás na minha história?

Minha memória mais remota parecia ser minha memória mais recente. Orifícios, geografias, temperaturas, enxurradas, desmoronamentos, cavernas, terremotos, catástrofes tinham início em meus domínios subterrâneos. O mar abria para mim sua garganta. Olhei ao redor e no horizonte não havia horizonte, não avistei mais a fosforescência vermelha da cidade. Éramos novamente eu e a neblina de onde surgi, as luzes foscas do navio fantasma que era a cidade levitando em minha frente. Mergulhei tocando e revoltando o fundo da areia. Por longos minutos me vi submerso. Eis que num estampido voltei de baixo feito o torpedo inimigo que explodisse fora d'água berrando um inaudível "vai tomar no cu!".

*Estou sentado num café em frente à Praça Santos Andrade, que mais se assemelha a um sonâmbulo navio ancorado no centro de Curitiba. Meus olhos se voltam ao vai-e-vem das pombas que culpo pela mania que elas têm de defecar a ideia obsessiva de paz na cabeça das pessoas. As entranhas recebem bruscamente a água quente rubra, amarga, terrosa do café.*

*Um maldito celular é o que tenho à mesa. E também um cinzeiro sem dor na consciência, sujo com nove bitucas e as cinzas do veneno. Apita o celular, uma garrafa que vaga pelo oceano com uma mensagem dentro. Aperto a tecla como retirasse a rolha: Júlio, é você?*

*Sim, quem é?*

*Nanda.*

*Nanda?*

*É.*

*Quanto tempo?*

*Pois é. Escuta, mês que vem vou até Curitiba.*

*O quê?*

*Precisamos conversar, Júlio.*

*Então combinamos a sua vinda e desligamos. Estou desconcertado. Depois de tantos anos. Como foi que ela conseguiu o meu número? A garçonete vem até a mesa, pensa que tento fazer um pedido. Digo que não, só estou pensando em voz alta. Antes que eu acabe a frase a garçonete já está longe atendendo outros clientes. Como que acendendo uma lâmpada, ligo outro cigarro. Estou tonto, é a cafeína agindo. Coço os olhos. Levanto. Pago a conta e*

Talvez não na cidade toda, mas onde ficava meu quartinho, e especialmente nele, chovia. Um cubículo perfeito para se dormir feito um vampiro dorme em seu caixão. Era inabitável para quem pretendesse uma vida sem angústias. A velha de quem eu o alugava era completamente louca. As portas do apartamento tinham sinos pregados. Cada vez que um sino tocava, a Lulu latia. Eu detestava o latido dela. Não queria maltratá-la, apenas cortar sua língua. Lulu e sua coleção de pulgas.

Não me sentia à vontade na casa da Dona Zuleica. Por causa das sinetas penduradas nas portas passei a ter prisão de ventre. Ela sempre sabia quando eu estava no banheiro. Demorava quase nada, vinha no corredor: Júlio, é você?

Imediatamente meu intestino travava. Então me via obrigado a frequentar os shoppings com seus banheiros falsamente limpos, de impessoalidade tamanha. Meu intestino passou a entender que aquilo era o melhor que eu podia oferecer. Era preciso tempo e espaço para as necessidades fisiológicas.

Quem for de fora e pretenda morar na Zona Sul, terá sempre que dividir apartamentos minúsculos com desconhecidos, ou ainda alugar um quarto na casa dessas senhoras solitárias. Mesmo assim jamais deixará de ser uma espécie de mau exemplo, um coitado que foi dar certo e deu errado na Cidade Maravilhosa.

Era difícil se sentir adaptado morando na casa de uma velha que deixava bilhetes pregados no espelho do banheiro com frases semelhantes a "deixe 130,00 referentes à luz e gás do mês de junho", ou "estou muito doente, preciso daqueles 200,00 com urgência."

O Leblon é um dos bairros mais nobres da cidade. Na rua Ataulfo de Paiva, farmácias, bancos, panificadoras, papelarias, mendigos, taxistas, restaurantes, locadoras de filmes, academias de fitness funcionavam a todo vapor. Buzinas, bicicletas, o sol a pino, semáforos, celulares, fios ligados nas tomadas, velhos escondidos em bonés sob o céu na praça, vira-latas, empregadas com poodles, babás com bebês, tudo me parecia de certa maneira ilógico. As baratas nos esgotos, os ratos escondidos nos bueiros após longa madrugada de caça. Por volta de 10 da manhã, o lugar era já pouco mais que uma sauna seca sabor creolina.

À noite, uma série de bares que ficaram célebres com a circulação de artistas, personalidades, boêmios, garotas fáceis, caras malhados, escritores, músicos comprometidos com ego e drogas. As calçadas estavam sempre repletas de traficantes e policias à paisana. Os seguranças eram os que se davam melhor.

Havia uma mendiga que morava nas calçadas, uma senhora gorda, negra, dormia na porta do Banco Itaú. Ela carregava consigo sete malas. Tirava sua casa de dentro, roupa de cama, abajur, travesseiro. Dormia profunda com as pernas gordas esticadas na calçada. Era pintora de imagens simples, vasinhos e flores em pequenas telas. Eu não sabia julgar o valor artístico dos quadrinhos, achava-os apenas bonitos.

Uma semana vivendo naquela cidade e você deixava de ser solícito com o assédio da mendicância, parava de sentir pena. Senão ficava sem dinheiro na carteira no final do dia. Você aprendia logo. Tratava-se realmente de uma Cidade Maravilhosa, caso você tivesse mais de 50,00 em dinheiro por dia no bolso.

Apesar de tudo, você adoraria sentir o calor da areia da praia picando seus pés descalços. Adoraria mergulhar nas refrescantes águas marrons de Ipanema depois que nos ventiladores do apartamento de Dona Zuleica, entre as pás asfixiadas, tremesse a luz de um sol retorcido a partir das 6:30 da manhã.

*saio. Anoitece e é como eu estivesse no miolo de um iceberg. Venta. Levanto a gola do sobretudo, encolho os ombros. O vapor sai da minha boca, ajuda a esquentar as mãos antes de enterrá-las nos bolsos. Enrolo o cachecol no pescoço para que a garganta não sofra. O gorro ajuda a suportar o inverno dentro dos tímpanos. O joelho sofre infiltrações. Caminho pelas calçadas, um felino que pisa macio. Deprimido com o som das ambulâncias, chuto pedras. Desvio poças d'água.*

*Era uma vez. Procurar o quê? Os rostos são guarda-chuvas apressados. Pronuncio uma fumaça, dentro dela não vem nenhuma palavra. Curitiba é tão somente uma névoa. Uma dose de conhaque me fará bem.*

Vi a garota da praia de relance por um reflexo na vitrine da Livraria Argumento. O rosto dela saltou de dentro dos livros. Precisei morder os lábios para não falar. Ela sorriu para mim pelo reflexo e se afastou. Nossos olhos colados se perderam de vista, numa espécie de olá incompleto. Entrei na livraria.

Você é o cara da vitrine, constatou.

Sou.

Gosta de romances experimentais?

Na verdade... acho que não, respondi.

Ela balbuciou um "mas...". Eu estava com o exemplar de muitas páginas de um autor moderno nas mãos. A verdade é que peguei qualquer coisa que vi na frente, calhou de ser esse livro. Vendo sua quase perplexidade não tentei reverter a situação.

Não foi necessário que eu olhasse mais pausadamente, logo percebi algo em sua boca. Herpes? Ouvi certa vez falar que herpes provoca uma dor bastante forte, destrói os nervos onde está alojado e persiste por meses. É contagioso, destrói o contorno dos lábios das pessoas. Ela ficou incomodada, percebeu que notei a ferida. Então virou um pouco o rosto, depois fez uma pergunta mudando de assunto.

Você mora aqui?

Moro, aqui mesmo no..., antes de eu terminar a frase, emendou outra.

Você não é do Rio, é?

Era sempre assim, as pessoas logo percebiam minha condição forasteira.

É óbvio assim?, perguntei.

Ela sorriu confirmando com uma espécie de "é" inaudível. Então rimos do meu sotaque de tataraneto de tropeiros. Ela se soltou, estava mais comunicativa. Sobre o lugar de onde eu vinha, não achei interessante praguejar, como era costume. Disse apenas: Peculiar... Curitiba é uma cidade peculiar.

Como se as outras não fossem.

Organizada, né?, havia um leve tom de deboche na pergunta dela.

Mais ou menos, eu disse.

Depois tentei mudar de assunto.

Eu tava indo tomar um café, não gostaria de me acompanhar?

Imediatamente imaginei que ela se perguntava que

tipo de idiota fala "não gostaria de me acompanhar?" Eu, o paranóico de sempre. Ela olhou o relógio, mais por hábito do que concentrada em ver as horas.

Não vai dar, tenho hora marcada.

Não insisti.

Tá legal, quem sabe na próxima.

Com certeza, tomamos um café na próxima vez, é uma pena, tenho que ir mesmo, bom, a gente se esbarra por aí.

Fiquei monocórdio, mas mantive a simpatia.

Certo, na próxima com certeza.

Ela insinuou aproximação para me beijar o rosto, mas se censurou recuando. E pronunciou um tchau à distância. Levantei a mão e disse: Até mais.

Ela, já da porta da loja: Até.

E saiu.

Nos vemos, falei já pros meus botões.

As estantes coloridas com as obras aceleraram feito uma centrífuga na minha cabeça. Saindo da livraria a alcancei novamente. Garoava. Ela se voltou rápido para mim. Levemente esbaforido falei: Só queria ter certeza que vamos nos encontrar de novo, sei lá, me dá seu e-mail, algum contato.

Ela tirou da bolsa um cartão e me estendeu. Li em voz alta: Nanda Neveia – Atriz.

Tinha um número de celular embaixo. Enquanto eu tentava decorar, ela partiu. A chuva atravessava as calhas de meus olhos. Tinha um cinza enclaustrado na pupila e não esperava que ele vazasse. Todo desertor é alguém de gelo. Eu não conseguia sorrir sem rachar os lábios. De que me serviriam submarinos se a chuva era rala? Estava imobilizado, porque tinha medo que meus próximos passos se fizessem movediços.

Fiquei na calçada debaixo de uma árvore com seus lábios na mente. Depois de alguns segundos, caminhei. Sabe, coisas invisíveis nos residem como micro insetos dentro de frutas. Muitas vezes o vazio nos serve melhor como panos quentes. E quando as mãos abanam, então sabemos que faz calor ou um adeus meio bobo mesmo.

Passei os dedos pela aspereza do papel onde estava anotado seu telefone. Tomei coragem e liguei. Ela se lembrava de mim. Marcamos de eu ir vê-la cantar num pub em Ipanema. Eu evitava bares com música ao vivo, na maioria das vezes os cantores tinham péssimo gosto. E estilo nenhum. Geralmente me irritava nesses lugares. A insistência dos caras em cantar covers de medalhões da MPB era algo que eu não digeria muito bem.

Por volta de 22 horas entrei no café. Sentei no balcão. No palco havia um sujeito acompanhado do violão. Um narigudo bem vestido, camisa pólo da Lacoste, os três botões abertos, calça jeans e tênis, bastante clean, low profile. Nanda não me viu. O carinha a convidou para subir no palco, dar uma canja. Cantaram juntos alguns sambas populares. Apesar do narigudo metido a sambista, gostei de ver Nanda no palco.

O conhaque começou a fazer efeito em mim. Fui enfeitiçado pelas canções malevolentes. Ela sabia tirar o cigarro do maço feito sacasse uma pistola da cartucheira. E me olhava com bossa-nova nos olhos ao mesmo tempo em que atirava à queima-roupa sem que qualquer outro resquício de sentimento se denunciasse em sua feição. E estava estonteante com aquele vestido leve sobre a pele. Ela me perturbava. Eu que tinha colecionado medalhas de atleta e amores doídos ao longo da vida, que no passado aparei os cabelos da chuva, queria agora protagonizar o filme de açúcar cristalizado que em sua mente trepidava.

Fiquei desconcertado com o selinho que Nanda deu no violonista após a performance. Mas logo arrefeci, com ela caminhando na minha direção.

Então você veio?

Estava por perto, resolvi tomar um drinque, eu disse.

Ela sorriu: Que bom, achei que você não vinha.

Costumo prestigiar os artistas que admiro.

Admira como, se você nunca tinha me assistido cantar?, e riu mais.

Eu sou um caça talentos, moça, além do mais costumo cumprir minhas promessas.

Nanda tirou o copo da minha mão delicadamente e deu um gole considerável.

Não lembro de você ter prometido nada.

Com um sinal pedi ao garçom outra dose.

Prometi a mim mesmo.

Ela me olhou fundo por alguns instantes, e acendeu um cigarro. Depois voltou ao tom anterior: E aí, gostou?

Ainda não tenho certeza, respondi.

Então não gostou.

Dei um gole no que ainda restava no copo e falei: Posso fazer um pedido?

Se eu souber.

Você conhece alguma balada da Nina Simone? Vou ficar feliz em escutar, só pra ter certeza de que não tô enganado.

Enganado sobre o quê?

Sobre o fato de você ser a melhor cantora que já conheci.

Fruto de um jeito meio canastra que vinha me acompanhando desde o começo do diálogo, exagerei no elogio, pensei que ela riria da minha cara, mas não. Continuou com a brincadeira: E você conhece muitas?

Muitas o quê?, me fiz de bobo.

Cantoras.

Só as melhores, eu disse.

Ela me olhou com ternura. Dei um gole no conhaque que o garçom tinha acabado de trazer e revelei: Tenho uma admiração especial por vozes.

Ela meneou a cabeça, depois, feito esfregasse um pano contra o vidro embaçado, passeou os olhos pelos meus. E a mão esquerda apagou o cigarro no cinzeiro enquanto sua boca esfumaçada de vulgaridade revelava a atitude de uma cantora punk cujo momentâneo silêncio era a mais áspera balada de amor. Ficamos assim, mergulhados um no outro por algum tempo até que alguém a chamou e o silêncio trincou feito vidro no congelador.

Pediu licença. Pegou o conhaque e levou para o palco. Falou algo no ouvido do violonista. Imaginei que teria sido: Dá um tempo otário, vai lá fora respirar, que vou levar umas baladas tristes e não preciso de você aqui.

A gente ainda nem se conhecia direito, mas parecia que nos entendíamos. O Nariz se levantou e saiu. Nanda, violão no colo, ajeitou o microfone. Bebeu do meu conhaque e sussurrou com seu melhor estilo: Essa vai a pedidos. Suas mãos desenharam algo num tom quase sangue. Seu canto era meu estremecer de ossos.

Ela se despediu de todos no café e saímos juntos. Andamos a esmo sob as estrelas da noite de junho. O calçadão de Ipanema vazio às quatro da madrugada. A silhueta de alguns fantasmas na neblina sob a areia. Debaixo de um poste de luz ela me beijou. Nos atracamos, me encaixei. Quase arrancando a roupa dela chupei os peitos. Ela pegou no meu pau com mãos que colhiam rios que logo se desmanchavam. Sussurrando pediu: Aqui não.

Vamos para minha casa, eu disse.

Onde você mora?, perguntou quase simultaneamente balbuciando um "vamos."

Não é longe.

No meu apartamento. Sentamos um ao lado do outro no sofá. E nos beijamos. Havia tudo em nós que fosse terno e quente. Ela acariciou minhas costas. E me puxou pela nuca. Então deitei em seu colo. Não era possível que o amor fosse salvo depois da carne exposta? Gozou rápido. Eu bebi.

Desabotoei minha calça, ela segurou forte. Procurei sua boca. As línguas se encontraram com urgência, os lábios de duas solidões. A partir desse dia quando nos amávamos não olhávamos para o lado, nem para frente, nem para cima. Nossos gemidos escorriam pelo vão da porta, pelo buraco da fechadura. Escorríamos pelo tapete. Descobri que Nanda tinha maneiras de fazer um veleiro entrar e sair do furacão em segundos. Talvez a felicidade fosse mesmo varar a arrebentação, socar o nariz dos sonhos como fossem tubarões e nadar enfrentando o risco de morrer na praia. Talvez tomar os goles do primeiro atraso do dia em xícaras de café trincadas.

Algum dia seriam para nós as mesmas 8 horas da manhã? Nanda despertaria alguma vez dez, trinta anos mais tarde, com meu coração mordido por suas pálpebras como fez da primeira vez em que ficamos juntos? Algum dia as tempestades que causamos um na vida do outro sossegariam? Sempre seria a antiga fome de não sairmos um do interior do outro após termos bebido o sol inteiro?

Uma coisa eu já tinha notado, o vento passava por seus cabelos sem que ela implorasse. A maresia beijava sua pele e seus sorrisos eram a mais singela forma de retribuição. Eu piscava lentamente, as pálpebras são o que temos de melhor para demonstrar gratidão. Era preciso ser absolutamente natural com Nanda. Para que eu a possuísse, não a decifrasse. Para que ela me tivesse, não sofresse nunca por mim.

O meu quarto era o lugar perfeito para gritarmos de felicidade um dentro da cabeça do outro sem fazer barulho nenhum, até que finalmente exaustos dormíamos.

Nessa noite nos amamos pela primeira vez. Ela foi indomada igual a chaga.

*Acomodo Nanda na casa em que moro com minha mãe, no Pilarzinho. Aqui há esse quarto de hóspedes com cama de casal comprada nalgum antiquário. Amarrotamos os lençóis sem que tenhamos tempo de averiguar se foram engomados ou não. A colcha bordada, com franjas. Os travesseiros macios. As cortinas fechadas, blecaute, não sabemos mais se é madrugada, se antes ou depois do meio-dia, se presente ou passado.*

*O armário guarda toalhas felpudas, rosas, clarinhas, outras com flores desenhadas, girassóis. Fronhas. Calcinhas, bolinhas de meias grossas que minha mãe usa para ficar em casa à noite e nos finais de semana. Moletons, calças jeans, quase todas da mesma tonalidade. Meio closet dela, entendo agora, fica guardado nesse quarto.*

*A estufa está ligada para combater o frio que se aconchega como um felino entre nossos pés. Os olhos fundos de Nanda, as pálpebras cansadas de fechar e abrir. Meu cérebro a receber enxurrada de sangue, eletricidade. O sentimento faz com que eu acredite que a vida é feita de cenas que não valem à pena senão pelo pavor que trazem junto.*

Manhã. Um pouco de ressaca, fui para uma reunião de trabalho. Eles tentavam compreender minúcias de caminhos do labirinto que era conquistar espaço no que chamavam irresponsavelmente de mercado. Eles eram puro engano. Talvez eu o fosse, afinal não estava também dividindo a sala com esses rostos imbecis sorrindo para os quadros dos que ganharam um dia o prêmio de publicitário do ano? Quando o figurão falava demonstrávamos deferência. Gesticulava, sorria, dava a aulinha dele, dizia qualquer porcaria e seus dentes se mexiam feito insetos amarelados dentro da boca com bigode manchado de nicotina. O figurão declamava um blablablá cheio de beiços esdrúxulos feito sanguessugas obesas.

Eu me perguntava: O que faço nesse lugar, o que esperam de mim?

A executiva sentada em minha frente se esforçava demais para ser simpática e educada, mas não era melhor do que uma hiena. Enchia o peito de empáfia feito lecionasse para um grupo de escoteiros e fazia uma série de apontamentos críticos a respeito do meu trabalho. No entanto, demonstrava não ter o mínimo de informações sobre o que vinha a ser realmente o meu trabalho. Ela acabava de ignorar meu currículo, colocando-o na parte debaixo da dúzia de outros documentos.

Eu estava cagando. Mas não completamente, porque notei que meu sangue, sístole e diástole, tinha ganas de saltar fora pelos olhos e atacar a executiva. Ela não cansava de dizer que eu não era apto para a função. Media minha aparência da marca do tênis ao grau dos óculos. Julgava meu visual inadequado.

Perguntava-me: Você não se envergonha, Júlio?

Claro que sim, afinal tinha levado currículo e histórico à reunião. Tornou-se ainda mais aguda minha tomada de consciência quando reparei que vestia minha melhor roupa, com o cabelo penteado e a barba feita. Qual dos quesitos eu não tinha cumprido à risca entre os que acreditavam ter propostas comerciais relevantes que pudessem redimir a si mesmos? Para mim, essa reunião era o fundo do poço.

À minha volta via apenas vidas retalhadas. E eu era parte da manada. Eis o último fragmento delirante e revoltado de um ilustrador medíocre. Atos que você comete em troca da possibilidade de faturar alguma gorjeta. Ninharia das ninharias.

Havia outra moça conosco, também uma expert, mulher de negócios, bem sucedida. Estava à minha esquerda e tinha mãos semelhantes a patas de galinha. Atrevida e blasé. Tudo que podia fazer em relação a ela na ocasião era imaginá-la como há meses atrás na horizontal, antes mesmo de ter conhecido Nanda. O odor que exalava do miolo de suas coxas fazia com que qualquer um suplicasse por algodões com éter.

Não aguentava mais. Suando, afrouxei o nó da gravata. Até gravata eu tinha colocado, que idiota. Então pedi licença e levantei. Fui até o banheiro. Alguém que usou antes de mim o sanitário também não deu descarga. Pensei: Preciso diminuir o café. Era líquido o sabonete que tinha ali, odor morango. Lavei as mãos. Fiz um bochecho com água da pia. Enxaguei o rosto com a toalha de papel. Arranquei do maldito suporte mais uma. Enquanto esfregava o rosto com uma terceira me senti culpado, meus olhos acabavam de se deparar com a frase "duas toalhas são suficientes para secagem das mãos". Mas estava secando a boca e o queixo babado, era uma boa justificativa a meu favor.

Droga, com a quarta toalha pensei não em enxugar o rosto, mas em apagá-lo. Olhando-me no espelho o que via? Os óculos se anunciarem cheios de rancor em relação ao que me ajudavam ver. Meus olhos verdes com chuva de granizo dentro. E os cabelos aloirados, alguns fios grisalho, uma vasta cabeleira penteada que ainda não tinha decidido se ia cair ou embranquecer.

Em frente ao espelho eu era um cachorro, um doguinho dos mais desprezíveis, cara de carente profissional, abanando o rabo para primeira mocinha um pouco esperta que tinha aparecido. Então, perguntei a mim se cachorros morriam de amor. Não, cachorros não morriam de amor. Cachorros morriam atropelados, morriam da falta de ração, não de amor. Se ao menos eu tivesse uma mandíbula nervosa.

Mas só tinha esse corpo, que nos últimos seis meses vinha perdendo alguns quilos e mesmo assim ainda não estava "no ponto", como me dizia a todo momento a divulgação das academias de fitness espalhadas pela cidade. Pelo menos não era um desses idiotas de clubes esportivos que vivem disputando quem aguenta correr por mais tempo sobre uma esteira ergométrica.

Saí do banheiro com o intuito de beber água na cozinha. Na geladeira, maçãs, luzes vermelhas banidoras do paraíso em plena tarde amarela. Não me interessaram. Também não me chamaram à tentação os pacotinhos variados de bolacha.

Vi uma garrafa, um líquido negro dentro ainda intacto. Talvez fosse bom, mas me pareceu conter teor alcoólico elevado demais para a ocasião. Um gole e não me controlaria. Imaginei o álcool fermentando em meu estômago e eu explodindo na direção do figurão.

Havia ainda uma garrafa pet com água pela metade. Girei a tampinha azul, dei um gole único quase bruto. Meu corpo por dentro era uma frigideira sendo lavada ainda fervendo. Nada mais revigorante do que água gelada.

Acendi um cigarro, nicotina também era combustível. Voltei à reunião. Dois minutos, o tempo que levou para minha garganta recusar não o colarinho abotoado, mas o próprio pomo de adão e tudo o que o circunda. Estando calado, fiz um silêncio ainda maior. Silencio de silêncios, e em pânico. Algo rasgava de dentro para fora. Meu estômago ardia feito um rato em chamas tentando perfurar as paredes do aparelho digestivo. Suava frio. Alguém reparou que eu não estava bem. Meu nariz pingava, limpei a coriza na manga do blazer. Minhas pupilas amparavam imagens bravias, nervosas, revoltantes.

O que tá acontecendo?, quis saber a executiva escancarando as gengivas esbranquiçadas servindo de moldura para suas presas dentuças e afiadas.

Não sei, só bebi um gole de água.

Havia um japonês na sala, extremamente discreto até então. E agora era o momento dele se pronunciar, e com ira: Não acredito, você é idiota ou o quê? Bebeu o meu formicida.

Mas eu só bebi um gole da água que tava na geladeira.

A Hiena surpreendentemente ficou do meu lado: Que tipo de psicopata guarda formicida na geladeira?

E também o figurão (não exatamente do meu lado), estarrecido, para o japa: Você guardou veneno numa garrafinha de água?

Ninguém acreditou no que estava acontecendo. Ouvi seguidamente a pergunta e a resposta na mesma frase estúpida: Ele bebeu veneno de formiga?

Sim, ele bebeu veneno de formiga.

É, merda, eu tinha bebido veneno de formiga. Eles ficaram atordoados. Saí da sala me perguntando se o japonês perderia o emprego por causa do episódio. Estranho, não me perguntava se eu continuaria vivo após ter sido envenenado, pensava mesmo no japonês caladão. E se ele fosse um serial killer de concorrentes?

*Alívios não há no fundo da garrafa de vinho que tomamos, tampouco colibris lá dentro, só nossas pulsações indo na mesma direção, a coragem de novamente apostarmos, mesmo burramente, a vida (não mais que uma mísera moeda de troca). Conduzimos os instintos de modo a falarem baixo. Acarinhamos um o outro com sopros, não com dentes. Nossos poros, gotículas de ternura. E somos líquidos outra vez. E exalamos vapor. Penetramo-nos como nuvens que se costurassem. Como nomear o que depois de cinco anos está acontecendo? É como voltar aonde não se necessita da razão. Sabemos que estamos fazendo amor e não apenas trepando quando o corpo da gente geme em uníssono para dizer que está feliz, que está feliz.*

Cheguei à rua caótica. Ônibus, carros, kombis, motos. O Humaitá nunca esteve tão congestionado. Chegaria mais rápido ao hospital se fosse a pé. Mesmo assim entrei num táxi. Pedi que ligasse as sirenes e me levasse ao pronto-socorro o mais rápido possível. Ele sorriu: O senhor não parece muito bem.

Tinha humor o desgraçado, era inegável. Eu estava desencarnando, mas não deixei de lhe retribuir o sorriso. Era melhor que nossa convivência fosse a mais amena possível.

No meio do trânsito desordenado de gente, buzinas e semáforos, o táxi avançava feito um manco que dá dois passos e precisa se escorar em algo para recuperar o fôlego. Eu me sentia uma verdadeira formiga prestes a ser esmagada, sem opção de futuro. Não fazia ideia do estrago que o formicida podia causar nas entranhas.

Fumei quatro cigarros enquanto levamos 37 minutos até surgir em nossa frente a placa do pronto-socorro do Copa D´Or. Após não menos demorada sessão burocrática de preenchimento de formulários, fui encaminhado para um lugar que eles chamavam de "sala de espera", onde, em resumo, esperei. Não fumei, havia um desses avisos de "é proibido fumar nesse local." Já azul, babava, arrotava asfalto e pneu queimado quando o médico com cara de caveira me chamou.

Sente dor?, quis saber o Dr. Caveira.

Uma dor de parto de bestas, informei com a intenção de ser o mais preciso possível.

Depois silenciei sob sua gargalhada inconveniente.

Então contei sem muitos detalhes o que tinha acontecido. A enfermeira trouxe a sonda para lavagem estomacal e sugeriu que talvez eu fosse mais um desses malditos suicidas frustrados com quem ela estava acostumada a lidar. Nada disse a respeito de sua sugestão. Àquela altura dos acontecimentos, era incapaz de me defender.

Vai doer?, perguntei enquanto o Caveira enfiava a sonda pelo meu nariz.

Você sentirá um leve desconforto, mentiu sorridente.

O tubo da grossura de uma caneta Bic escorregou por minha garganta até que se instalou feito uma cobra que mantém o guiso ativo no estômago. Tossi, vomitei, vomitei, tossi, e assim por diante. Não conseguia engolir saliva. Para aliviar o desconforto da tragédia, impus-me o exercício de pensar. Que ausência de tintas era a paisagem de dentro do hospital. Pensava, sem ao menos entender o que pensava. Nem sei quanto tempo fiquei sentado na maca, segurando no colo, debaixo do queixo, uma bacia suja, com a calça e a camisa também vomitadas.

As enfermeiras riam, trabalhavam alegres metidas em seus jalecos brancos. Conversavam feito meninas que passaram ótimo domingo na companhia dos namorados. Mas eram quase todas senhoras pálidas. Estavam mais para viúvas do que para garotinhas entusiasmadas com o cinema do fim de semana. Depois da lavagem, fiquei ainda mais duas horas em observação. Dr. Caveira queria se certificar de que eu não sofreria tonturas, dilatação pupilar, ânsia de vômito.

Sintomas, resumiu.

No leito ao lado estava um homem com o antebraço costurado. O médico pediu que ele ficasse mais algum tempo também em observação.

Que agonia, hein?, o sujeito puxou papo.

Pareceu-me bem humorado o coroa. Grisalho, pele queimada de sol. Tinha levado um tombo da bicicleta. Estava pedalando na Lagoa e fui atacado, me empurraram e eu caí sobre um galho de árvore podado, essa era a estória dele, 27 pontos e a bicicleta roubada. Eldorado era seu nome. Ficou em observação bem menos tempo do que eu. Contei-lhe com o que trabalhava. Ele disse que conhecia gente do ramo. Me deu seu cartão, falando para que entrasse em contato. E então se mandou com um "até logo, foi um prazer conhecê-lo."

Era noite quando ganhei as ruas de Copacabana. As lâmpadas dos postes, carros e semáforos piscavam fora de compasso. Chorei. Sem sequer um mínimo de estatura épica, como um animal consciente de que não há saúde no mundo, chorei. Sem esconder o rosto, chorei. Quase fui fulminado por um veneno que mata seres que se eu quisesse podia matar espremendo entre o polegar e o indicador. Mas estava vivo, era o que importava.

E eu era o cara que lidava com os próprios sentimentos, não com público alvo ou metas de mercado. Deveria ter dito isso na maldita reunião, olhando bem nos olhos daqueles infelizes. Mas estava vivo. Isso é que era.

Ah, Júlio, você não morreu, amigão. Ainda não. Veja como sobra vida no ar. Como o universo rege com perfeição o caos em Copacabana. Inspire fundo.

Inspirei e fui em frente. Cheguei no Cervantes, o bar que fica na entrada da Prado Júnior. Estava faminto. Ainda bem que meus maxilares já não tremiam. Pude morder um sanduíche de bife com queijo. Pedi um chope e ele desceu lavando o estrago que a maldita sonda do Dr. Caveira tinha feito em meu esôfago.

Respirei aliviado. Olhei à minha volta e enxerguei as coisas sujas do mundo creditando a elas o estado de me parecerem igualmente em harmonia com a beleza de se estar vivendo. Segui a pé para casa. Sabia que meus músculos eram capazes.

*Agora ela dorme. Vou para sala. A estufa derrete junto minha agonia. Escurece e não me preocupo em acender as luzes. Gosto de me deixar entrar nas trevas com o dia dando adeus. Imagens varrem o céu com sua chuva gelada. A cidade em meio à enxurrada cinza vinda do alto. O chá ferve. Lá fora carros avançam sinais vermelhos, buzinas. Guardachuvas se atravancam sob as marquises. Os postes de luz feito girafas acordam, acendem um a um, quadra a quadra. O relógio na parede badala 18 horas, faz frio.*

Tudo esteve mais etílico que ético. Mas com alicate é que se aperta os bagos da ingenuidade. Às vezes eu ainda via pombas raivosas atacarem o pipoqueiro em frente ao cinema de Botafogo. Ou então eu passava pela frente do Jardim Botânico e tinha visões de lobos amando ovelhas, gatos amando ratos, súbito, lobos matando ovelhas, ratos sendo mortos por gatos. E mesmo o mais horrendo pensamento podia ficar ainda pior. Imaginava felinos felpudos, ou até poodles toy, caindo do 13º andar, e todo o afeto anteriormente nutrido agora não sendo mais que vísceras explodidas. Mesmo nos domingos mais lindos as coisas podiam dar muitíssimo errado, eu sabia.

Mas não vão dar, era o que eu falava pra mim.

Eu dizia: A partir de agora borboletas serão bússolas de luz. E eu não terei mais olhos, pupilas e retinas, mas miragens de minhas origens e um futuro promissor, pois já posso enxergar sem filtro a coloração rubra e pegajosa das coisas más dessa cidade.

Eu achava que aqueles meses morando no Rio de Janeiro tinham desenvolvido em mim uma espécie de armadura que protegia por dentro. E ela era feita com pedaços de ternura, beijos de amor correspondido e poemas com mel.

Mas "aguente-se, amigo, suporte-se", era isso o que eu conscientemente devia dizer para mim, pois nada era tão facilmente matéria para o altruísmo. Veja, uma semana depois da lavagem estomacal recebi um telefonema. O próprio figurão: Quer dizer que sobreviveu?

Irônico ele.

Que pena, né?, respondi achando que na mesma moeda.

O Figurão gostava desse tipo de jogo.

Então, Júlio, em quanto ficaram as despesas?

Ver-se obrigado a desembolsar duas notas de cinco fazia com que ele suasse frio, imagine quanto a pagar as despesas hospitalares. E eles sempre vão ser assim, acéfalos, mandando em você, dizendo o que você pode e não. São os inventores dos truques, os donos, os trapezistas da economia local.

Não precisa se preocupar, chefe, eu disse.

Fez-se um silêncio entre nós. Pressenti o que estava por vir.

Olha, Júlio, nós decidimos, você não fará mais parte da equipe.

Exatamente como eu suspeitava. O filho da puta estava me dispensando.

É mesmo?, não precisam mais de mim?

Nós o substituímos.

Claro que tinham me substituído.

Uma semana. Uma semana para resolver, até que me substituíram.

Quem ficou no meu lugar?

Você deve se lembrar dele, o dono da garrafinha de formicida.

Aposto que ele riu seu riso cheio de dentes podres do outro lado da linha. Era demais acreditar que o japonês matava seus concorrentes de modo doloso? Talvez não para a mente irrequieta de quem via coisas demais. No mundo dos negócios as pessoas sempre jogam sujo. Mania de perseguição? Talvez. Só não queira dar uma de esperto, sempre tem alguém vendo você tirar meleca do nariz.

Um pouco mais de silêncio se deu entre nós, até que: Júlio, você está aí?

Onde mais posso estar?, pensei em responder assim, mas não, eu era educado. Continuei quieto.

Júlio.

Mais silêncio. Depois ele soou lamentoso na minha orelha: Tá ouvindo?

Quem diria, havia alguma humanidade na voz do cretino, ele não era um bom ator.

Deus queira que ele não peça desculpas, por favor, não me peça desculpas. Minha súplica calada não adiantou. O idiota se rebaixou: Desculpe, Júlio. Tudo bem, pode ficar tranquilo, chefe. Tem certeza que não quer que eu envie um cheque cobrindo as despesas?

Desliguei o telefone antes que ele insistisse. O coração de algumas pessoas não passa de um pneu rugoso, não obstante elas têm coração. E a saúde de ferro. E comem business e presunto de salmão no café da manhã. Para pessoas assim você sempre será inócuo, elas cagam para suas questões. Não adianta que você tenha raiva, a raiva é a maior estupidez que alguém pode. Porque tudo o que elas fazem é sorrir como pássaros cordiais, pombinhas da paz, cercadas por blindex e carteirinhas do clube.

Claro que poderia tê-lo processado pelo que me aconteceu em seu escritório. Ganharia um bom dinheiro. Mas não achei que valesse a pena me envolver com advogados. Seria o mesmo que trocar o saco de lixo do banheiro, logo tudo estaria fedendo novamente.

Encontrei Eldorado uma segunda vez na fila do Circo Voador.

Pode me chamar de ÉL, não tolero formalidades, me disse, sou um maldito cão que não respeita o dono, e olha que eu mesmo sou o dono.

Sempre que eu estava no Circo por livre associação chegavam-me à mente imagens do globo da morte com suas motocicletas velozes e barulhentas. O show da noite. Chovia. Àquela altura eu já tinha bebido todas no Arco-íris e fumado pelo menos uns dois baseados. Quando fechava os olhos o cantor virava um motoqueiro alucinado. O som da banda era o motor das motocicletas. Eu suava. E estava gostando daquela chuva. Era como se cada gota fosse um recorte da noite roçando contra o hálito das luzes nos postes. Era como a ferrugem nas cordas do violão deflagrado por melodias dissonantes. A chuva me dava uma fissura de mergulhar em poças d´água à procura do avesso dos pulmões sujos de erva. Eu estava adorando aquela sensação de um frescor dolorido.

Espremido no meio da multidão, dividi um novo baseado com ÉL, enquanto sons e luzes explodiam entre intervalos de segundos. A banda detonava versos clássicos como "a Brigitte Bardot está ficando velha." Revezávamos, ÉL buscava cervejas no bar, depois era minha vez de trazer caipirinhas. Viramos bons amigos nessa noite.

Da outra vez no Hospital eu tinha reparado que ÉL era todo mãos e braços que gesticulavam feito pipas que combatem no céu dos subúrbios, montado em seus um metro e oitenta de altura. Um coroa de cabelos grisalhos um pouco longos e cuidadosamente desleixados.

Passamos a conviver quase diariamente. ÉL era um homem todo errado, que não precisava fazer muito esforço para se manter assim. Ele era vivaz e enfático. Seus sessenta e tantos anos não lhe pesavam no corpo, à exceção dos óculos de grau, que usava apenas quando queria conferir a conta nos restaurantes, ou ler para mim o trecho de algum livro que o tivesse comovido. ÉL estava com a vida ganha. Definia-se como um andarilho urbano. Seu otimismo era contagiante. Sua excentricidade antiga. Ele desandava a falar e você tinha que entrar em sua lógica singular para que algum diálogo se desse. E vinham sempre esquisitas parábolas: que no passado o acusavam de um animal deitado no charco sem luz própria, que mesmo a mínima fagulha azul na raiz de um fogueira lhe dizia respeito, que mais que ser pós-moderno ou eterno, ou qualquer coisa que o valha, ele preferia mesmo estar nascendo. Isso e tantas outras bobagens, que ele sempre concluía com a seguinte máxima: os rabugentos só precisam de uma coisa: cócegas.

Eu dizia: Você delira, ÉL.

E ele: Níveis elevados de lucidez também produzem delírios, meu jovem.

Eldorado era imbatível.

Ao fim do show, a chuva contribuiu com a gente. Diminuiu até se tornar apenas um bafo gelado. Na saída do Circo paramos para um "espetinho de carnes nobres", segundo o vendedor, que mais tarde me fez vomitar uma a uma as canções de algum tempo atrás.

Agora ÉL, que costumava andar pela cidade de calça de pijama e tênis, o excêntrico que ficou viúvo quando a esposa sofreu uma overdose na década de 80, era um amigo com quem eu poderia contar inúmeras vezes. De fato, ele jamais me deixava abater.

*Abro minha carteira. Tiro uma foto, desdobro. Olho para mim e para Nanda. Sabe, existem pessoas que têm um modo de estar no mundo que nos chega feito um presente, uma benção, um talismã que encosta na gente e, naturalmente, nos faz devolver o bem precioso com a mesma intenção.*

*A fotografia foi tirada à beira da praia, numa Ipanema ensolarada. Ela está com uma flor no cabelo e biquíni amarelo. Eu de barba feita e com uma boca maior que o rosto de tanto que sorrio. Atrás de nós um horizonte avermelhado ignorante de qualquer exaustão.*

*Como envelheci nesses anos.*

*Quando ela acordar vou levá-la pelas mãos, iremos a lugares lindos desviando entre os corredores da neblina leitosa.*

Manhã. Quase um costume já, ouço a campainha estridente. Eu ainda estava na cama.

Que merda essa campainha, que merda ela querer tomar café da manhã, quem em sã consciência toma café da manhã? O barulho insistiu.

Já vai, gritei.

E fui abrir a porta. Ela entrou sem me olhar direito. Foi para cozinha e largou as compras. Serviu-se de água no filtro e voltou para sala. Só então me deu oi. Eu mais parecia um zumbi.

Que cara amassada, ela disse brincando.

Tentei ser simpático: Tô tentando ficar mais bonito.

Não vai me dar um beijo de bom dia?

Não dei o beijo, apenas disse: Bom, é?

Ela se aproximou e beijou meu rosto sem que eu me mexesse.

O dia tá maravilhoso, um sol lindo lá fora.

Como se eu duvidasse foi abrindo as cortinas. Depois de cinco dias deliciosos de chuva e frio, o sol voltou a dar as caras. Fui tomar uma ducha para acordar. Ela ajeitou os pacotes. Preparou o café. Demorei meia hora, entre necessidades básicas e banho.

E aí, morreu no banheiro?, gritou da sala.

Tinha acabado o sabonete, então usei shampoo no corpo todo. Estava mais do que na hora de fazer umas compras. Olhei o espelho. Não me reconheci à minha imagem e semelhança. Vi um cara feliz tentando entrar em forma. Escovei os dentes. Só então fui beijar minha garota.

Ela estava no sofá acendendo um baseado.

Você precisa ir no mercado, não tem nada nesse apartamento.

Como se eu não soubesse.

Pôs até toalinha na mesa, Nanda?

Cê tá precisando de uma mulher aqui.

Já tenho a velha Zuleica.

Ela, ignorando minha grosseria, mudou de assunto.

Quando é que a Dona Zuleica volta?

Sei lá, daqui uns 15 dias.

Você tá transformando a casa da velha num pardieiro.

Entre uma frase e outra fui buscar uma calça na lavanderia. Voltei, vesti a calça, não sem antes quase levar um tombo com as pernas enroladas lá dentro. Nanda riu de mim enquanto passava geléia no pão. Colocou mais açúcar do que precisava no meu café.

Eu me aproximei, fiz um cafuné em sua nuca e suas tetinhas ficaram vulneráveis, os biquinhos duros. Seios imperfeitos, um maior que o outro, assimétricos. Uma rara e sutil imperfeição que os tornava a dupla mais bela de todo o Rio de Janeiro.

As mulheres sentem tesão em nos tratar feito menininhos mal comportados.

Como é que você tá?, perguntou.

O que Nanda não sabia era que os foras dela funcionavam em mim como venenos tarja-preta sem receita. E ela era minha farmácia 24 horas.

O que você tem feito?, ela emendava uma pergunta atrás da outra antes de eu ter tempo para responder.

Tô por aí, faz uns dias que não saio de casa, choveu bastante, sei lá, desenhei um pouco, comi umas pizzas, li, fui num show, dia desses até tive a manha de escrever um poeminha.

É mesmo?, quem diria, você escrevendo poemas.

Como assim?, eu me sinto derrotado o suficiente para ser um bom poeta.

Era verdade que eu não tinha feito, antes de conhecê-la, mais do que meia dúzia de tentativas, mas essa trazia uma carga forte de sinceridade aliada à desenvoltura técnica. Era um tanto instintivo, ainda assim desenvolto, talvez tais características devessem bastar para fazer dele um bom poema.

Acho que é um raicai, ou algo assim, eu disse.

Ela estendeu a mão espalmada: Cadê?

Você viu meus cigarros, não tô encontrando?

Na cozinha, ela disse.

Fui até a cozinha e voltei com a carteira. Rasguei o lacre, puxei um cigarro de dentro e acendi, indo para o banheiro

Você vai ver com que tipo de poeta tá lidando, disse enquanto mijava fumando.

Voltei para sala. Olhei para ela. Havia um ar de desafio no formato empinado de sua cabeça. Alcancei o papel amassado da escrivaninha e estendi o braço para que pegasse. Primeiro leu em voz baixa, de modo que não identifiquei qual era sua opinião a respeito do garrancho. Em seguida, em voz alta. Depois riu tirando sarro da minha cara.

Isso não é um raicai nem aqui nem na China.

Sabia se tratar de um péssimo poema, que não causaria nada que diferisse de repulsa em quem o lesse. Mesmo assim o defendi.

Raicai é uma coisa japonesa, não chinesa.

Que seja, esse poema é uma porcaria, disse ela rindo.

Só que era o meu poema. Eu, que nunca fazia nada de útil, tinha o escrito. Em algum lugar da minha mente resistia íntegro um resíduo de orgulho. Eu disse: Você não tem sensibilidade pra apreciar uma obra de arte desse nível.

Papo furado, você devia fazer alguma coisa de útil em vez de ficar aí dando uma de poeta, rebateu.

Suas palavras me atingiram com a força de um projétil, algo capaz de penetrar os ossos. Não era toda vez que eu ficava com vontade de perder os brios com Nanda. Ela vivia me provocando. Uma vez me disse: Já falei que eu podia ser uma puta? Na boa, eu podia ser, eu gosto pra caralho, às vezes tô namorando, tô até amando, mas sinto vontade de conhecer outros caras, beijar outras bocas. Eu evitava responder. Mas aí, por me julgar indiferente, Nanda começava uma briga sem precedentes. Havia ocasiões em que suas agressões colocavam em risco nossa integridade física, então eu precisava agir de maneira madura para contê-la, até que finalmente relaxasse e fosse dormir.

No outro dia, acordava como se nada tivesse acontecido. Sorridente, cantarolava, passava geléia no meu pão. Colocava açúcar demais no meu café.

E a vida passou a ser assim entre nós. Mas dessa vez não haveria confusão, não por causa de um poema pelo qual, no fundo, eu não dava a mínima. Achei que devia deixar para lá. Apenas disse: Vou aproveitar o sol pra dar um mergulho, quer vir?

Ela não respondeu. Fui para o quarto, tirei a calça de moletom, vesti uma bermuda e já ia saindo sem dar maiores satisfações. Mas ela, quase arrependida, me impediu.

A manhã azul caía feito uma melodia leve do lado de fora, um solo lento de banjo saía do aparelho de som. Tudo ia muitíssimo bem até que Nanda começou novamente com as esquisitices de me contar sonhos perturbadores.

É mesmo, que tipo de sonhos?, perguntei para que não achasse que a tratava com indiferença.

Nossa conversa era compassada como nos filmes em que os diretores exigem dos atores que não movimentem sequer as sobrancelhas.

Não sei, sonhos, coisas que me fazem mal, algo como se eu segurasse teu coração que cospe fogo com a boca e equilibrasse a tua língua só chamas com a minha língua. Querendo tratar o assunto com humor, eu disse: Bacana, como se meu coração fosse um dragãozinho. Minhas mãos passeavam por seu corpo feito veleiro em dia sem vento. Não pretendia deixar que mais uma briga começasse entre nós. Mesmo porque já passava do meio-dia e eu tinha um compromisso dentro de uma hora que poderia garantir os próximos meses. Mas Nanda ia ficando cada vez mais séria ao narrar o sonho.

Teu coração se contorce, é isso, ele se contorce igual um dragãozinho ferido, disse.

Eu me atinha concentrado à parte de trás de suas coxas. Falei: Que coisa absurda, Nanda.

E ela: No começo não é assim, no começo ele é um bichinho engraçado, meio bobo, mas, de repente, começa a ganir, tomado por alguma doença, não sei, fica cheio de raiva.

O rosto de Nanda me amedrontou, tinha um ar sombrio. Falou detalhes do sonho pausadamente por mais alguns minutos. Escutei pacientemente, porém temeroso, até que, como que saindo de um transe, ela riu. Relaxei e ri também, fingindo dar umas palmadas como que para educá-la. Depois, silenciamos. E nos beijamos.

Ela montou em mim. Arranhou minhas costas. Gozamos em poucos minutos. Depois disso ela voltou a chorar. Então renovou o silêncio, só interrompido por espasmos de seu choramingo. Incomodado, fiquei absorto nas imagens do pesadelo dela girando em minha mente. Quem ama tende a preservar. Quem preserva pode machucar sem querer, transformar a boa ação em cativeiro.

Ela se virou para mim e, apertando a barriga, disse: Sabe aquilo que dá quando você não sabe explicar as coisas? Eu devia saber, mas não sabia.

Final da tarde, derrotado, voltei da reunião que salvaria meus próximos meses. O atraso de quarenta minutos fez com que o pessoal da agência nem sequer quisesse ver meu portfólio. Mais uma chance de emprego perdida. Cheguei em casa emburrado. Torcendo para que Nanda tivesse ido embora, ainda mais porque a velha Zuleica estava para chegar de viagem a qualquer momento e "não admitia que eu levasse mulheres para lá."

Entrei no apartamento e fui direto para cozinha pegar uma cerveja. Levei um choque ao abrir a geladeira. Dei um grito.

O que foi?, gritou Nanda assustada do meu quarto.

Ela ainda estava lá.

Tudo bem, chega de confusão por hoje, pensei.

Nada não, só levei outro choque.

Abri a latinha, liguei o aparelho de som, alguém berrava sem critérios. Sentei no sofá para relaxar, não consegui. Levantei e calei o cantor.

Fui até o quarto para ver o que Nanda estava fazendo. Ela tinha ido tomar banho. Entrei no banheiro. Sentei na privada com a tampa fechada e fiquei bebendo minha cerveja, admirando seu banho, a espuma do shampoo escorrendo pelo corpo.

Isso me angustia, Nanda.

O quê?

Assistir você tomar banho.

Você só tá carente, querido.

Sua resposta foi levíssima. Podia ser que eu só estivesse carente. Mas carente de quê? De quem? Saudade de casa talvez, de minha mãe? Depois do banho dela voltei para sala. Nanda veio atrás. Sentou no sofá. Ficamos um tempo em silêncio. Acariciei sua perna. Olhei para fora da janela por alguns segundos.

Passava das 19 horas. Nanda foi se arrumar no quarto. A noite pousava quente sobre o Rio de Janeiro. Resolvi sair, beber uns chopes.

Já volto.

Onde cê vai?

Comprar cigarro, menti.

Eu ia fazer uma comida pra gente.

Não tô com fome, Nanda.

Mas onde cê vai?

É rapidinho, já volto.

Desci do apartamento pelas escadas. A cabeça cheia: Afrodite não tem autores prediletos, mas cenas prediletas de peças que nunca leu até o fim. Afrodite não tem pratos preferidos, mas lanchonetes onde julga haver sandubas bem servidos e saudáveis.

No meio do caminho, desisti dos chopes. Andei até a padaria Rio-Lisboa. Sentei me apoiando no balcão. Pedi misto-quente e um copo de Nescau. Afrodite não devolve meus discos, nem me deixa cortar os pulsos de manhã depois que a ouço cantar um repertório que conheço tão bem como se eu mesmo o tivesse composto com meus três acordes.

Alguns taxistas faziam uma pausa. Divertiam-se provocando a atendente. Eu e minha mente em Afrodite e seus olhos que dizem sempre "a verdade não custa caro para quem sabe mentir". Suas ideias infantis me comovem bem mais do que a filosofia. Em pensamento contorno suas tetas, barriga, bunda, coxas, panturrilhas. Sua beleza tem o efeito de monomanias em mim. Reparo na imagem de seus dentes e me pergunto se o segredo está em fazê-la sorrir. Enquanto Afrodite sorrir tudo ficará bem, caso contrário, imediatamente borrado, com trevas injetadas nos olhos.

Me alimentei mecanicamente. Paguei a conta com uma nota de dez. Com o troco comprei um bom-bom para levar para minha garota que adorava chocolate.

*Minha mãe não passa uma tarde sem um pequeno lanche, com bolo fresco. Nanda acorda. Vem para sala enrolada no edredom. Seus olhos vermelhos de sono feito maçãs em chama. Cinco anos... e agora ela está aqui.*

*Como é que você consegue desenhar, Júlio?*

*Não consigo mais, esses são os piores desenhos que já fiz.*

*Então ela: Todas as vezes que tentei fazer um desenho eu estava chorando.*

*Podia ser pior, digo.*

*O rosto dela turva, há chuva dentro dos olhos de Nanda.*

*Ela está em silêncio. Eu, em pânico.*

*Júlio.*

*Deus, como ela é doce ao chamar meu nome.*

*Oi.*

*Me conta o fim... com um desenho.*

*Não dá, sou incapaz de desenhar isso... nossa história é um osso fraturado, digo.*

*Ficamos em silêncio. Ela diz: Vou ficar poucos dias em Curitiba, depois volto pro Rio, você sabe disso, né?*

*Lá fora faz sete graus. Estou desconcertado, isso é... Eu e minha garota novamente, frente a frente. A encaro por alguns segundos, esboço um sorriso.*

*E o Rio?, puxo um assunto qualquer, como vão as coisas por lá?*

*Do mesmo jeito, diz ela.*

*Fedido e lindo?*

*Engraçadinho.*

*Não é basicamente isso a Cidade Maravilhosa?*

*Claro que não é basicamente isso, você é um exagerado, ela sorri, dá um gole no chá.*

*Sorrio junto. Ela pergunta: E você?*

*O quê?*

*Não sente saudade de lá?*

*Às vezes.*

*Do quê?, ela mastiga um pedaço de bolo, fala de boca cheia.*

*Sei lá, de algumas pessoas,*

Sofremos o primeiro término sério. Se eu tentasse detalhar os motivos todos, colocaria em risco minha sanidade. A verdade é que o começo foi bom. Depois, a coisa degringolou. Via que os dias corriam diferentes quando a gente se escutava. Sempre um improviso. De repente, Deus podia existir, seria legal se acontecesse. E parecia estar acontecendo. Mas logo acabei entendendo que só a combinação de bisturis e sondas conhecem o subterrâneo das pessoas. Acabei entendendo que os seres mais sofisticados também podem gostar de baladas cafonas cantadas ao pé do ouvido.

Mas eu devia ter sacado que água oxigenada e carneviva só convivem bem depois do primeiro minuto. Devia ter contado que quando era criança colocava ataduras ao redor do punho e da mão para que os outros pensassem que eu tinha me machucado e ficassem com pena de mim. Não sei que tipo de pessoa seria se não tivesse frequentado escolas particulares. Não lembro de me ver crescendo. Quando dei por mim era isso: um cara que ama uma garota. Tinha um inverno dentro dos tímpanos. E já estava tão cansado. Nanda sabia que eu estava magoado com ela. Lembro que fiquei bastante reticente em relação aos seus afagos. Tentava me manter frio. Ela teria de fazer melhor do que isso para conseguir que a gente reatasse.

Eu passava por uma fase em que não fazia porra nenhuma. Cada vez mais anti-social. Era cheia de sol e insalubre a Cidade Maravilhosa. Vivia trancado em meu quarto revirando tralhas, sem saber se o mundo ainda sobrevivia por trás das cortinas.

Antes de ir embora Nanda ainda tentou se desculpar pelo que nem ela entedia bem. A verdade era que eu estava de saco cheio da sua e da minha inconstância. Mas não conseguia dizer isso para ela. Quando estava saindo, Nanda tirou da bolsa um livro e disse: Tó, leia. Então partiu, arrasada. Durante a tarde eu estava lendo e achei um bilhete dela. No bilhete estava escrito: Amanhã na estação do Bondinho do Pão de Açúcar, começo da tarde, beijo, N. O dia seguinte era 12 de julho, dia dos namorados. Embora nosso namoro passasse por turbulências, ela queria dividir o dia especial comigo. Não fui ao encontro. Alguns dias depois, soube que ela me esperou até não poder mais.

Ela começou a sair com o violonista Narigudo. Nanda estava se vingando bem. Não saíam da minha cabeça paranóica imagens deles jantando juntos, mentindo juras de amor um para o outro. Encontrava por aí suas amigas, que me contavam o quanto ela estava feliz ao lado do Nariz.

Imaginava ela chupando o pau dele no estacionamento de algum shopping da Barra da Tijuca. Ou então, ele metendo nela por trás. Agonizava em cólera muda dentro do apartamento da velha Zuleica, que a cada dia me tratava com mais desprezo. Queria apenas o dinheiro do aluguel. E logo. Eu que não a incomodasse, senão ia me ferrar com amigos dela que não eram flor que se cheire, dizia a velha.

Eu ainda não me sabia capaz de inventar esse tipo de membrana leve, maleável, flexível, elástica, mas praticamente impenetrável. Uma espécie de armadura anímica. Isso, inventar esse tipo de proteção que pudesse usar na parte de

dentro do corpo, ao redor do coração. Na verdade, eu estava
me enterrando vivo na imundice do apartamento. Sabe, ser
sozinho é não ter confidentes. Eu precisava reagir.

Tomei banho. Por volta de 22 horas saí de casa.
Fazia um tempão que não aparecia no Café da livraria Letras e Expressões. Gostava de frequentar o lugar.
Sempre que possível, passava tardes inteiras enfiado nessa
caverna. Gostava de ir lá no horário em que ficava vazio.
Éramos somente eu, as atendentes e as moscas chiques
sobrevoando tortas de limão deliciosas e caras.
Vivia lendo os jornais que em todas as edições traziam depoimentos de traficantes capturados. E a opinião
hipócrita de políticos. Era um dos poucos lugares onde
durante a tarde você podia ler sem ser interrompido. Ia lá
porque precisava me sentir ainda mais sozinho. Além do
mais, o lugar tinha um potente ar-condicionado.

Assim, sendo ninguém no mundo, ficava esquecido
até que, após às 21 horas, chegava Selminha, para o turno da madrugada, que era o meu turno de predileção. Aí
ficava impossível não me transformar no melhor parceiro
de um prazeroso exercício dialético, ela era a mais simpática contadora de estórias que já conheci.

Selminha tinha um marcapasso no peito.

Alguém tem que manter o coração sadio por aqui,
dizia ela.

Quer casar comigo, Selminha?, eu brincava.

Nem pensar, Júlio, não posso sofrer.

Além de impedir que Selminha sofresse desilusões

amorosas, o marcapasso servia para ela não desmaiar de uma hora para outra. Ainda bebê ela teve um problema chamado síndrome neurocardiogênica.

A doença consiste numa incapacidade do organismo de regular a pressão sanguínea e a frequência cardíaca da pessoa. Sempre que você fica em pé a gravidade como que puxa o sangue para as pernas. Então o cérebro sente a mudança e compensa aumentando a frequência do coração, apertando as veias das pernas, forçando o sangue no sentido do peito. De repente você falha, fica inconsciente, me explicou um dia.

O marcapasso evitava que sofresse um apagão, por exemplo, dentro do ônibus, ou no meio dos clientes do Café em que trabalhava.

Ali, especialmente por causa de Selminha, me sentia bem. Quando ela não estava, funcionava mais ou menos assim: o café vinha, eu agradecia, daí rasgava o papelote de adoçante e só dirigia a palavra às garçonetes quando meu sangue queria mais cafeína. Não que fosse antipático ou esnobe, mas elas compreendiam que eu necessitava de privacidade. Tinha um desejo de ficar sozinho, lendo e pensando. Éramos, sobretudo, educados uns com os outros.

Tinha decidido tomar um porre no Café da Letras e aproveitar, já que havia uma ou outra garota querendo me engolir. Não que eu fosse super-cobiçado, não era o caso, mas estava numa fase ruim no amor, quem sabe não teria mais sucesso no jogo. Para algumas habitués, o sexo era um dos mais desafiadores divertimentos. Talvez eu soubesse brincar. E no final das contas, há noites em que tudo o que um cara precisa é um pouco de vodca, coca e dança erótica. Eu sabia que nesse café tinha sempre mais de uma mulher com objetivos parecidos com esses.

No entanto, no que adentrei o ambiente, saudando e sendo saudado, uma certeza me ocorreu. Burro decidi, mesmo separado de Nanda, ser-lhe fiel. Compreendia bem demais certas tragédias íntimas, das quais não pretendia ser parte, a não ser das que eu já era. Tina se aproximou jogando charme para cima de mim. Tem vezes que só o que conseguimos é algo assim como, digamos, a vitalidade de lesmas entristecidas. Havia muito tempo que ela não percebia que não estava disposto a cair em sua teia. Era verdade que Tina tinha um desses corpos que você só vê em garotas de revistas. Verdade também que seus cabelos longos e loiros lhe emprestavam um quê especial no momento em que sua boca carnuda soltava a fumaça do cigarro. Exceto o fato de ininterruptamente substituir suas três refeições diárias pelo pozinho branco, tudo estava ok com Tina. Aranha das mais venenosas, seu perfume era enjoativo. Também seu cheiro ao natural não me agradava. Tampouco o timbre da voz. Então ali estava eu mais uma vez dizendo meus nãos a esse mulherão, contribuindo para as suspeitas de alguns a respeito da minha masculinidade.

O bacana do Café da Letras era que funcionava 24 horas por dia. Uma coisa ruim era que muitas pessoas que não tinham nenhum grupo para se encaixar se refugiavam ali. Depois davam um jeito de trepar entre si, exatamente como acontecia nas turmas de peteca, nas igrejas, sei lá, nos viciados anônimos fosse lá do quê.

Tina certamente era a mais rápida de todas. Eu sabia de uma dúzia de caras que tinham se enfiado nela. O melhor da brincadeira era que Tina era casada. E parece que com um sujeito barra pesada. Ela corneava o marido bad boy com a rapaziada. E corneava a rapaziada com o marido. No fim das contas, parecia justo.

Tina chegava ao cúmulo de, nos momentos que antecediam suas conquistas, mostrar a foto da cachorrinha, que guardava na carteira. Um anjo era a au-au da moça. Para mim, os solitários profissionais de qualquer lugar do ocidente se pareciam muito com Tina. Traziam bichinhos de estimação na bolsa, ou então parentes. E passavam a madrugada toda mostrando para os outros os retratos da felicidade prometida e jamais alcançada.

Sempre que eu ia ao Café da Letras saía torto de lá, por causa dos expressos, ou por culpa das Devassas ruiva, loira e morena. Nem sei como é que conseguia voltar para o apartamento da velha Zuleica, podre de bêbado.

Antes de adormecer tentava ler algumas páginas. Mas beber do jeito que eu bebia no Café da Letras não me ajudava nem um pouco nessa tarefa.

Que se danasse, pensava.

E adormecia. E dessa vez eu tive um sonho bizarro. Eu estava espirrando igual aos cavalos, no intuito de expelir todo o catarro dos cento e noventa e três cigarros semanais que derreti. E então uma junta de Drs. Caveiras e Narigudos me elegiam "o purgante do ano". E eu passava a me tratar com gomos de Aspirina misturados com uísque. Até que no final da tarde recebia a visita de uma certa garota me perguntando "como você tem passado?". E ela vinha de novo e de novo, ela vinha de ônibus lá do centro até meu bairro na periferia, ao lado da Vila Mimosa. Ela chegava ofegante porque obviamente sabia que só uma coisa tinha o poder de me arrancar de dentro da couraça da febre. E ela me dava essa coisa superior ao sexo pelo sexo. E eu passava a fazer um discurso para a junta de Caveiras e Narigudos, simplesmente constatando que algumas mulheres são mesmo desse jeito, feito os mais gostosos doces de uma confeitaria, a todo momento olhando para você como dissessem "me deguste agora ou nunca mais". E então, do nada, eu começava a entrar numa certa garota, mas pelas axilas e não pela vagina.

Acordei assustado ao meio-dia e quarenta. O dia seguinte, sempre essa insistência de ressurreição. Buzinas incessantes do lado de fora. Fui para cozinha e bebi água direto da torneira, ignorando a poluição. Chorei sem por quê. Lavei o rosto. Meus olhos latejavam realidade em demasia, talvez. Ao lado do vaso de flores, mais um dos fedidos incensos da Dona Zuleica derretia.

Enjoado fui para o banheiro. O estômago podre. Lembrei sei lá porque de uma menina do meu passado remoto, todas as feições dela ao mesmo tempo misturadas às de Nanda, como fossem um único ser mutante e eu estivesse vendo a continuação daquele sonho, mas acordado.

Voltei para cozinha. Dona Zuleica, já estava em pé.

Mal educada como sempre, não respondeu meu bom dia.

Foi logo dizendo: Júlio, vou viajar nesse fim de semana, só

volto daqui sete dias, cuide de tudo por aqui, e se puder me pagar o mês até o final dessa tarde, agradeço muito.

A velha não me dava uma folga. Por sorte, dessa vez tinha me prevenido. Fui até meu quarto e de lá voltei com o dinheiro do aluguel.

Obrigada, meu filho, isso vai me ajudar muito.

A senhora vai a que horas, Dona Zuleica?

Amanhã de manhãzinha.

As misteriosas viagens da velha Zuleica, a usurária. Não podia tirar da cabeça ela abrindo lentamente seu frasco de perfume, cheirando suavemente e murmurando absurdos. Roendo as unhas, coçando o umbigo, sentindo falta de um dedo que a arranhasse mais.

Velha psicopata.

O telefone tocou, não atendi. Nem Zuleica atendeu, que eu me danasse. Nesses momentos eu era apenas um cara com a barba por fazer, nem um pouco solícito. O cara que respirava fundo antes de olhar para o lado direito. A chuva caía fazendo barulho nas folhas das árvores. Sempre achei que a gente devia vir como que com aquelas barras antipânico dentro da gente.

Me ocorreu a imagem de uma garota de cabelos encaracolados cruzando as pernas, esfregando os dedos do pé do outro lado da linha. O foco do olhar mudando de direção. Era ela, eu sabia, quem discava meu número novamente.

Mais da metade de um segundo incenso já havia sido consumido pelo ar. O apartamento fedia a cabalas e tarôs. Eu me sentia sufocado. Chovia do lado de fora cada vez mais forte, eu não podia escancarar a janela do quarto, o que seria um respiro imprescindível.

A chuva parou aos poucos. Nada acontecia. Parecia que o que ditava o tempo dentro do claustrofóbico apartamento eram os incensos da velha, que nesse momento ralhava sôfrega com a Lulu.

O telefone voltou a tocar. Já havia passado 40 minutos da primeira ligação. O destino pacientemente estava me dando uma nova chance, eu não podia desperdiçar. Algo dentro do meu sangue sabia que era ela. Atendi: Alô.

Você tá sumido, fiquei preocupada.

Batata (eu era um personagem do Nelson Rodrigues nessa época).

Marcamos um café para a tarde seguinte. Fazia mais de dois meses que a gente não se falava. Das últimas vezes quase nos espancamos. Para não gerar mais confusão, decidi me afastar, não frequentar os lugares que nossos amigos iam. Ela estava namorando com o Narigudo.

Ficava sabendo por outras pessoas o quanto os dois eram felizes juntos, Nanda cantando e fazendo teatro e sendo sucesso de público e crítica. O Narigudo gravando cd com convidados especiais importantes da cena carioca. Um típico casalzinho feito para brilhar. E isso era uma coisa que eu não suportava. Não que não desejasse ver Nanda se dando bem, mas por causa do tipo de concessão que, sabia, ela estava fazendo para chegar lá. E uma dessas concessões era não estar mais comigo, o cara que ela amava, mas que causava problemas. Bastou que eu pensasse nessas coisas para que repelisse a tentativa de Nanda se aproximar de mim.

*sinto mais saudade dos amigos do que da cidade.*

*Sei.*

*Você encontra alguns amigos meus de vez em quando?*

*Você não tinha "alguns" amigos, Júlio.*

*Uma meia-dúzia deles eu tinha.*

*Você tinha o Eldorado.*

*Ficamos um tempo quietos recordando a figura de ÉL.*

*Você gostava dos chopes que ele vivia te pagando, isso sim.*

*Que maldade, Nanda.*

*Maldade é?*

*Eu gostava da companhia do ÉL, das conversas, da sabedoria dele.*

*Dos discursos despropositados, ela diz fazendo um movimento grandiloquente como que mimetizando o modo com que ÉL se expressava.*

*Verdade, eu adorava os surtos dele.*

*Ela concorda: Ele era divertido às vezes.*

*O melhor ÉL era o das cinco da manhã aos berros no Baixo Leblon. Você tem visto ele?, pergunto.*

*Encontrava de vez em quando com ele no Baixo, um dia nos cruzamos na praia.*

*Você detestava ele, Nandinha.*

*Não detestava não. Eu só detestava encontrar vocês dois podres de bêbados.*

*A gente vivia podres de bêbados. Você tem visto o ÉL?*

*Nanda entristece. Sua boca retraída parece não querer dizer a frase "ÉL morreu".*

*Quando, por quê?*

*Faz três meses, confirma ela.*

*De repente me assalta uma lembrança ruim, a de um ÉL sombrio, não o de sempre, mas o que às vezes me perturbava.* Como *dessa vez num fim de madrugada, numa Lapa suja e coberta por escuridão silenciosa, quando ele me perguntou quanto tempo eu achava que ele levaria para se auto-destruir, caso resolvesse.*

Que merda cê tá falando, ÉL?

*Se eu quisesse morrer, mas não tivesse coragem de me jogar do prédio, ou dar um tiro na boca, quanto tempo?*

Sei lá, experimenta, burro.

*Falando sério, Júlio, sem cinismo, quanto?*

Que papo aranha é esse?

*Eu posso me drogar.*

Você já se droga.

*Posso me drogar com método, se eu fizer isso, cê acha que em seis meses consigo acabar com minha raça?*

Talvez fumando crack.

Com esse *ÉL auto-destrutivo na cabeça volto para Nanda:* Como foi que ele se matou?

Tiro.

Que merda.

Ele foi encontrado dentro do carro.

*O carro era um conversível da década de 50, lataria vermelha, que mantinha polido com esmero. Uma pequena relíquia, dizia ÉL. Ficava no segundo piso da garagem subterrânea de seu prédio em Ipanema.*

*Fazia um calor de fornalha na hora em que ele foi achado pela zeladora enquanto lavava a garagem. Ele estava a dias sumido quando acharam o corpo.*

*Devem ter pensado que seu sumiço se tratava de mais*

*uma de suas extravagâncias. ÉL vivia se hospedando em ho-
téis da Lapa. Às vezes ficava uma semana por lá. Eu perguntava o que ele fazia nesses hotéis. E ele: Pesquisa, pequisa,
meu caro.*

*E o livro, ÉL, quando fica pronto?*

*Tenha calma, moleque, vai chegar no momento certo,
cada coisa em seu tempo e lugar.*

*Mas o livro de ÉL nunca apareceu. Nunca sequer li
uma página que fosse do seu trabalho. Chego mesmo a acreditar que não havia livro algum. E que suas pesquisas diziam
mais respeito a prazeres e aventuras do que outra coisa.*

*Então Nanda me diz algo que conheço bem, é uma fra-
se de ÉL: Tudo o que ainda não foi experimentado atrai.*

*Não dá para dizer que ÉL não produziu literatura.*

*Cê tá certa, Nanda, só não sei o que você veio fazer
aqui em Curitiba.*

*Como assim "não sabe"?*

*Eu e ela já nos experimentamos à exaustão, segundo a frase
de ÉL, não deveríamos mais nos sentir atraídos um pelo outro.*

*Estamos fazendo nosso papel, Júlio, só isso.*

*Que papel?, pergunto.*

*O de refutar as teorias dos filósofos que nos antecederam.*

Fui me encontrar com ela para o café, em nome da
amizade.

Cirquinho de merda.

Vi o Narigudo parando o carro em frente à Livraria
Argumento. Nanda desceu e correu à janela dele para lhe

beijar e dizer provavelmente um "te amo, pode ficar tranquilo, sei me cuidar". A cena, misturada aos pastéis de queijo e às duas cervejas do meu almoço, embrulhou meu estômago. Se eu fosse ao encontro dela brigaríamos novamente. Então não entrei na Argumento. Taí uma coisa que gosto em mim: a capacidade de ser cruel. E uma coisa que não gosto em mim: é que quando sou cruel com os outros acabo sendo cruel comigo. Mesmo assim virei a esquina e não olhei para trás. Caminhei na direção oposta. Deixei Nanda a ver navios afundados. Tinha que ser desse jeito.

Perambulei sem rumo a tarde toda. E que cidade era essa? O esdrúxulo de meu país? Quem sabe. Ruas das quais saía fogo por entre as rachaduras. E ali estava ele, o menino coxo no calçadão de Copacabana a equilibrar seu hamster na cabeça. Um roedor azulado desaparecendo no fundo da cartola rota. Súbito, descia pelo braço, entrava na manga da camiseta, reaparecia pela gola no pescoço. Em seguida alcançava novamente o topo do menino que, feito um mágico, tirava a cartola para agradecer. Na outra ponta da praia, Posto 6, a criança de rua com ranho no rosto coçando a virilha, depois deitando nas pernas da irmã mais velha, que um pouco antes a tinha espantado. Perto dali, um vira-lata fazia suas necessidades, depois partia. Minutos se passavam até que moscas pousavam em sua merda gelatinosa.

Anoiteceu. O rush transformava as ruas praticamente num estacionamento. Entrei num ônibus, sentei num banco dos fundos e só acordei quarenta minutos depois, no Leblon. Desci e caminhei pela Ataulfo de Paiva. Do outro lado da rua, um sujeito com feridas pedia esmola em frente a Panificadora Rio-Lisboa. Tudo era tão ilógico. A risada aguda da moça a passar, entrando no meu ouvido direito e saindo pelo outro. Ilógico. O mau hálito do taxista no espelho retrovisor do automóvel estacionado. Era ilógico demais ser eu um hamster caminhando sem rumo pelo corpo da cidade que mais se assemelhava a um menino coxo. Sentia verdadeiro desprezo por mim quando encostei a barriga no balcão da Pizzaria Guanabara. Minhas bochechas arderam com o bafo do forno. O pizzaiolo limpava as mãos engorduradas num pano nojento. Os pratos usados faziam uma pilha bamba sobre a pia. Uma família de baratas tentava não ser percebida ao pé de um freezer. Empurrei para dentro três pedaços de pizza calabresa, seguidos cada um de chopes sem espuma. Não que fossem do meu gosto, mas a gordura dos copos não deixava que a espuma se formasse. Então dei uma boa olhada ao redor. Para minha surpresa, quem estava ali numa das mesinhas de metal barato? O Figurão da agência onde quase morri envenenado. Ele e o assassino, o serial killer japonês que roubou minha vaga de ilustrador.

Me notaram e acenaram. Retribui o aceno. Súbito, pensei na Executiva-bacalhau que esteve na reunião conosco. Tinha voltado a me encontrar duas ou três vezes com ela nesse período todo. Eu não era um celibatário, afinal de contas. E estava na seca, carente, levando uma vida precária afetivamente.

Queria apenas tomar meu chope sossegado. De modo nenhum daria uma de cuzão me dirigindo até a mesa deles para cumprimentá-los. Esperava que já tivessem entendido que lutávamos em exércitos inimigos. Estava em pé no balcão. E eles, sentados numa das mesinhas de alumínio. Isso implicava em valores distintos para ambas as contas. Quem conhece a Pizzaria Guanabara sabe disso. Além do mais, eu estava sozinho. Eles, em dupla. Deviam ser uma verdadeira dupla sertaneja da publicidade.

Não pense em nada, dizia a mim mesmo. Mas isso não era possível. Não pude deixar de analisar o terreno. Baixo Leblon. Por todos os lados surgiam flashs da sujeira dos gringos e dos bandidinhos armando transações. E a lordose das popozudas com coxas de circunferências exaltadas debaixo dos malditos 40 graus do Rio.

E as empresas de turismo fazendo safari nas favelas. Os especuladores imobiliários intoxicando a Zona Sul. Uma parte dos guardadores de carro estacionando papelotes de coca no bolso dos garotões saudáveis. E as pererecas raspadas das lagartas do Posto-9 que adoravam gemer o enredo de historietas da televisão.

Então, como que num piscar de olhos, eram já seis da manhã. Tinha virado a noite bebendo por ali, entrando em papos com um, em chamegos com outra, até que o sol apareceu como em todas as manhãs, currando pupilas.

O sol fazia isso. Ele não pedia licença ou desculpas. Quando, sem mais nem menos, voltei a olhar para a dupla Figurão/Killer Japa, que tinham rodado a madrugada cheirando o pozinho mágico, flagrei os dois se lambendo.

Era um desses beijos de novela horário nobre. Como eu tinha sido ingênuo. Demorou todo esse tempo para que finalmente, às seis e meia da manhã de um dia que começava de mal a pior, eu entendesse.

Eu tinha passado a madrugada acordado. Meus olhos ardiam. Eu fedia a álcool e já era quase o final da manhã. Sem rumo, sem forças. Sequer podia me dar ao luxo do desesperado, pois esperança alguma havia em mim. A não ser recorrer às forças divinas. Por alguns minutos me ocorreu que pudesse existir um resto de crença no mundo.

Meu Deus, por que eu vivia indo pra lá e pra cá feito uma barata tonta?

Entrei na Igreja Nossa Senhora da Paz, em Ipanema. Peguei os panfletinhos disponíveis, com suas orações infinitas: Nossa Senhora Aparecida, Nossa Senhora das Graças, Nossa Senhora da Cabeça. Essa última era a santa que iria me ajudar. Olhei atentamente para a imagem dela e me surpreendi com a cabeça degolada que apoiava no braço direito. Passei à outra, Nossa Senhora das Graças, pisava numa cobra. Nossa Senhora Aparecida tinha bandeirinhas do Brasil pregadas em seu manto. Aquilo não ia bem.

Será que não dá pra alguma de vocês pegar mais leve?, pensei.

Em meio as minhas imprecações, acabei adormecendo sentado num desses bancos maciços. Depois de um tempo indefinido, acordei.

O mundo lá fora colapsou, já esgotei meus centavos de razão, como no Impossível de Rimbaud, mas entrei aqui em busca de paz, então me dá paz, minha Mãe.

Não sabia do que estava sofrendo afinal de contas.

Perguntei a Deus: Pai, qual é a pior dor do mundo?

A tua, Júlio.

Por quê, meu Pai?

Porque por mais que você se apiede da humanidade, a pior dor do mundo sempre será, para você, essa que só você sente, mais ninguém.

Obrigado, Deus.

Agradeci com todo meu coração, embora não tenha ficado satisfeito com a resposta do velho.

Ainda mais com o Rio de Janeiro vítima de uma espécie de guerra civil não declarada entre policias e traficantes. E eu desse jeito, só pensando em apaziguar uma cabeça que parecia querer se aproximar cada vez mais do território híbrido entre loucura e sanidade. Um território que era obviamente a primeira estação do Metrô Lelé da Cuca, que me levaria direto ao fosso viscoso da esquizofrenia.

Virei os folhetos. Li. Rezei misturando versos das orações de cada uma delas: Virgem bendita, dê proteção a mim e a minha família das doenças, da fome, assalto, raios; alcançai-me de vosso amado Filho a humildade, a caridade, a obediência, a castidade, uma boa morte; não permitais que a minha pobre cabeça seja atormentada por males que me perturbem a tranquilidade da vida, Nossa Senhora da Cabeça, rogai por mim.

Depois, dormi outra vez, submerso na escultura de silêncios que era nesse momento a Igreja. Acordei com uma senhorinha roxa me cutucando: Você está bem, moço?

Nada respondi. Apenas levantei e saí.

*Saímos para almoçar. Levo Nanda num restaurante bom, não tão caro. Precisamos de um ambiente calmo, civilizado para conversar.*

*Estar aqui é uma fome. É ser devorado por uma boca dentro de mim. Nanda quer "jogar" limpo. Estou disposto. Digo para ela: Quero saber tudo de você.*

*Você sabe tudo de mim.*

*Sei mesmo?*

*Você já me viu chorar quantas vezes?*

*Muitas.*

*E ela: Choro mais no chuveiro, e fico em dúvida se são minhas lágrimas mesmo ou só a água escorrendo.*

*Por que você não me diz? É um tipo de teste? Não sei o que você quer.*

*Impressionante, a gente não consegue se comunicar direito mesmo.*

*Ela pega uma garfada de macarrão. Diz sentir minha falta. Sirvo mais vinho, primeiro a taça dela, depois a minha. Ela diz algo que finjo não ouvir (ou não ouço mesmo?). Mastigo o bife. Murmuro:*

Não voltava para casa há mais de 27 horas. Era já um zumbi. Um fora da lei (qual?) indo em direção ao primeiro bar que aparecesse na frente. Tinha me decidido, quando a noite chegasse iria onde o Narigudo tocava suas bossas aguadas.

Mais uma dose, amigo, era eu tentando a essa altura fechar e abrir as mandíbulas da boca mole, de animal risivelmente inofensivo, anestesiado, pedindo mais álcool.

Verdade que não havia nenhuma tendência sequer em mim para o crime. Nem a vontade de me superar vencendo obstáculos feito um atleta de alpinismo. Nenhuma fé. Bem, isso eu já não podia comprovar.

Se bem que a fé era somente a vontade estúpida de ser vampirizado para ficar forte e eterno. Mas Nanda agora afiava os caninos com outro amolador. Ela que quando era boa, era boa, mas quando era ruim era melhor ainda. Então a vodca nesse momento era uma espécie de Drácula a bebericar meu cérebro.

Lembro de mirar o Corcovado com medo de subitamente compreender como era possível haver tanta beleza em algo que não passava de concreto fincado numa montanha. Se havia alguma mensagem a ser enviada por mim desse lugar, não era mais do que uma série de postais de espanto. Já conhecia um pouco do seu submundo. Conhecia algumas de suas artimanhas.

O que mais precisa me acontecer?

Em outros tempos eu era bem relacionado. Me dava bem com as meninas da minha cidade natal. Agora, as únicas que me davam alguma bola eram as garotas da Prado Júnior. Agora eu não passava de um personagem niilista, numa espécie de Paris, Texas pessoal.

Pense, Júlio, pense, dizia para mim.

Mas a droga da minha cabeça não servia para nada.

Cortem minha cabeça, gritei estendendo o braço que segurava o copo ao cara do balcão, que certamente entendeu a frase como "desce outra, amigão."

Ali estávamos nós, eu e meu corpo burro de andarilho urbano. Um corpo com joelhos e costelas que doíam. Eu e o corpo para quem dizia: Você acha que é uma massa que se basta, você pensa que tá uma tetéia, você mesmo, que às vezes treme, eu sei, eu sei que você quer recomeçar nela, você quer começar tudo de novo dentro de Nanda, você é um grande otário, não aprende nunca, quando é que você vai entender, hein, imbecil?

Por que eu pensava essas coisas de maluco? O cérebro é um fosso, e lá no fundo dele reside um bando de crocodilos vorazes sem cérebro. Olhei paro o copo e voltei a beber o líquido amargo.

Caiu a noite. Caminhei na direção do pub onde encontraria o Narigudo. Não me entendendo, trançando as pernas, entrei numa rua onde estranhamente não havia carros. Um vulto cruzou o ar bem em frente ao meu rosto. Olhei para cima e vi na copa de uma árvore um bando deles. Morcegos. Formavam um buquê negro, flores de lótus que se mexiam.

Num átimo, a Cidade Maravilhosa, um filme de terror. Entre dentes, eu disse: Narigudo filho da puta, você vai receber o troco.

A cidade me ignorava. E eu estava apto a enxergá-la como a um deserto. Para mim, a Praça Nossa Senhora da Paz, de madrugada, parecia um cemitério. E os cemitérios eram campos semeados com grãos de caveiras de narizes grandes.

Por que me metia nesses apertos? Será que tinha perdido qualquer vestígio de brio, era isso? Por que não tinha ido para casa dormir muito tempo atrás? Estava ferrado, mas tinha que resolver a situação. Ir até o bar em que o Narigudo tocava para lhe enfiar o violão goela abaixo.

As ruas, silenciosas demais. Nem sequer havia assédio de mendigos me confundindo com algum gringo, como nessa vez em que me abordaram com nervosismo gritando "perdeu, parceiro, perdeu!", com um sotaque que a gente vê nas minisséries da tv que tem no elenco atores negros interpretando traficantes. Acontece que os que tinham me abordado não eram atores, tampouco negros. E tinham um 38 apontado para mim.

Era isso o que eu devia fazer? Parar de ser bundão e começar a andar por aí com um revolver?

Eu vinha vagando até meus olhos explodirem abarrotados por cenários que só faziam lembrar o quanto eu vivia errado, sem conseguir capturar a exuberância das paisagens.

Eu não era nem um pouco perigoso. Tanto que os seguranças das lojas da Visconde de Pirajá não me davam a mínima. Eu não era uma ameaça. Passava da hora de entrar na H´Stern, no Banco do Brasil, gritando: Todo mundo no chão, isso aqui é um assalto, eu sou Júlio Karneval e estou babando por vingança, mas como sou um bunda mole e não fui lá dar porrada no Narigudo, estou descontando minha raiva em vocês.

Emendando em seguida dois tiros no teto.

Mesmo que fizesse algo tão estúpido, o máximo que conseguiria seria que uma velha (Dona Zuleica?) risse da minha cara quando o segurança me oferecesse uma xícara de chá de camomila e eu aceitasse.

Meu Deus, o que tá acontecendo? Antigamente eu era bom de porrada. Uma vez no colégio cheguei a fazer um cara comer grama. Vou fazer a mesma coisa com o Narigudo, ele vai se arrepender de ter nascido. Ri. Pensamento infame, de filme mal dublado. Mesmo assim andei como se à procura de um destinatário que teve a carta extraviada. Meus passos eram feitos de presságios. Sentia-me invisível quando deveria ser invencível. Não tinha escolhas.

Quando dei por mim, estava no Baixo Leblon novamente, nem sei quantas horas sem dormir, completamente bêbado. Minotauro condenado ao ziguezague, ao vai-e-vem atordoante.

Perguntei para o sujeito ao meu lado no balcão se ele conhecia o Narigudo que tocava violão nalgum dos bares da região. Não, ele não conhecia o cara que mal e porcamente descrevi. Saí à cata do Narigudo, me dirigindo novamente, à pé, aos lugares de sempre. Tive alguma sorte nessa epopéia-zumbi. Não foi preciso ir longe. Acabei dando de cara com o Narigudo sentado num desses banquinhos do Jobi, um boteco no Leblon.

O Nariz estava sem o violão, mesmo assim parecia entoar uma série de clichês musicais. Acomodei meu cotovelo no balcão: Vodca, amigo.

O Nariz reparou minha chegada. Provavelmente não tinha medo de mim, pois não se mexeu, não fugiu, nada. Apenas ergueu o chope na minha direção e fez um brinde sorrindo. Não retribuí.

O idiota estava se divertindo com a situação. Certamente não sabia do meu interesse em machucá-lo. Nem sei se reparou que fiquei o tempo todo na expectativa do bote. Esperava qualquer vacilo do Pinóquio. Virei num gole só a vodca. Pedi um chope e fui bebendo lentamente. Olhei outra vez para mesa dele. O desgraçado me sorriu com os dentões de cima, depois mordeu de leve o lábio inferior como se fosse gay e estivesse me cantando. O filha da puta estava me provocando.

Claro, esse era o território dele, extensão da sua casa. Talvez por se sentir protegido, o Nariz desprezava o perigo que corria. Ou então apenas estava simulando tranquilidade. Ele era um tolo. Eu também.

Você não vai sair perdedor dessa, Júlio, não mesmo.

Fui até o banheiro e, obrigatoriamente, passei pela mesa do Naso. Ele me fitou de perto. Meus olhos babaram raiva ao redor da presa. As sobrancelhas dele franziram no meio da testa. Finalmente a tensão, o medo se revelavam como que dizendo: Júlio, esse babaca é um típico covarde, desses que afia os dentes, toma injeções de raiva, mas recua na hora h, isso aí não é galo para entrar na rinha com você, abata-o logo.

Eu estava muitíssimo bêbado. No banheiro foi providencial meter o dedo na garganta com o intuito de me manter um pouco mais íntegro. E enxerguei um rosto lindo de mulher, tentando me dizer algo que eu não conseguia escutar. Voltei do cubículo fedido, pedi uma coca.

Enquanto bebia, paguei a conta. Então, finalmente, voei para cima socando com toda a força o nariz do Nariz. O bar se viu em polvorosa, algumas mulheres apavoradas. Depois de acertar uma sequência de socos, vi que havia sangue na minha mão. Até que enfim eu tinha conseguido fazer o imbecil calar a boca e não cantar mais suas musiquinhas extrovertidas.

Estava praticamente comemorando a vitória quando senti algo destruindo as minhas costelas. Olhei para o que até poucos minutos era uma cadeira, com um dos pés dela tentei me defender, mas não tive tempo. Fui interceptado por uns quinhentos seguranças do próprio Jobi e dos bares vizinhos, que me lançaram para fora na base de chaves de jiu-jitsu e porradões na nuca e na boca do estômago. Quando lá fora me soltaram, cuspi na cara de um deles. E essa foi a pior burrada que poderia ter feito. Eles me espancaram a valer.

Provavelmente todos deviam ter treinado vale-tudo. Porque se tinha uma coisa na qual eles eram bons, era em como encaixar com força e precisão os golpes no saco de pancadas humano.

De repente, uma garrafa me atingiu na cabeça, o sangue se misturou com o resto de cerveja quente escorrendo pelo rosto. Desmaiei. E então o mesmo rosto, e a voz de Afrodite: a mandíbula arregalada, ardendo sob as altas temperaturas, dizendo "acho que fui capturado, acho que fui capturado, fui capturado". E ao seu redor, rapaz, se auto-sentenciam os pássaros da treva, um a um, em seguida entrando pela Aorta, dando bicadas, arrancando pedaços do teu sangue. E você se vê obrigado a bater as pálpebras assim como as corujas que iniciam suas asas no altar do Casamento do Céu e do Inferno. Porém, mesmo em seu último respiro, ou se o ganido de uma lanterna de luz branca e fria como a geada cada vez que em teus olhos for apontada, ou se a garota dos teus sonhos for capaz de fazer com que você tema menos a ferradura dos cavalos sapateando apavorados em cima dos teus punhos cansados. Talvez muito mais terríveis do que a dor de tanto adeus multiplicado em cactos que espremem teu corpo nessa espécie de deserto portátil, talvez somente assim você dará um jeito de sobreviver. Então seguirá suportando sobre os ombros o caos e o chumbo de nuvens asfixiadas, sempre insistindo na mesma ladainha "acho que fui capturado, acho que fui capturado, fui capturado". Sim, moço, você foi capturado pelo vício sem afago desses fantasmas das avançadas horas que morreram ontem, antes de ontem e também anteriormente, justamente quando você de modo incessante sofria as piores overdoses de réquiens compostos com as próprias mãos.

Súbito ressuscitei. Eles continuavam a me bater. Pelo menos Nanda estava servindo para alguma coisa, para que eu odiasse cada vez mais o cara que conseguiu a mulher que eu tinha perdido.

Antes de apagar completamente, pendurado no colarinho do Narigudo, consegui esboçar um sorriso ainda com todos os dentes na boca: Você precisa melhorar teu repertório, meu chapa.

Depois, escuridão.

Fiquei alguns dias hospitalizado. Sorte que minha mãe tinha enviado a carteirinha do seguro saúde com data de vencimento renovada. Quando bebi formicida, fui obrigado a pagar com um cheque sem fundos as despesas. Ainda fui burro, porque por orgulho não aceitei a ajuda do figurão dono da agência. Devia ter processado o irresponsável, ele e o killer japonês. Mas agora era diferente, uma boa alma me levou a um hospital e me internou. Recebi todos os cuidados e em dois dias eles me deram alta.

Fui para casa e me entrevei durante três semanas. Um dia a velha Zuleica me alcançou o fone sem fio.

Júlio?

É ele, quem fala?

O Marcos.

Que Marcos?

O namorado da Nanda.

Não era possível. O Narigudo depois de todo o estragado ainda estava me ligando? O que ele queria, me humilhar mais?

Só liguei para saber se você tá bem.

Eu estava bem sim. O filho da puta me contou o que tinha acontecido após meu desmaio. Ele achou que os seguranças tivessem me matado. Ficou desesperado. Me colocou no carro e me levou para o hospital. O que eu poderia dizer? O cara tinha salvado minha vida.

Após confirmar que os dentes dele, que eu tinha arrancado na noite da briga, já estavam em perfeita ordem, balbuciei um "obrigado" e desliguei.

Nesse meio-tempo fui obrigado a me mudar do apartamento da Dona Zuleica. A velha usurária me expulsou. Certa madrugada, por volta de três da manhã, cheguei em casa bêbado feito um peru no molho. Com a porta do banheiro escancarada dei uma mijada por minutos intermináveis. Olhei para o espelho e ali estava minha cara inchada, meio rosa meio roxa. Me examinei por um tempo e para esse cidadão nocauteado disse: E aí seu bosta?

Ouvi uma voz: Júlio, é você?

Era a velha limpando os olhos. Ela vivia fazendo isso. Não sei bem o que me deu, que tipo de Exu veio se encostar em mim. Com um misto de pena e ternura, indo na direção do quarto dela, perguntei: A Senhora não tem alguém que te ame, Dona Zul?

E ela, olhando para chuva lá fora que lavava a rua vazia: A minha Lulu, Júlio, só a minha poodle.

Sabe, tanto ódio quanto amor são primitivos, mas só o amor merecia ter chegado até nós nos vagões disso que os historiadores chamam evolução. Cruel feito um soldado em campo inimigo me dirigi ao quarto dela: Hoje vou te dar um presente, que a senhora tá querendo faz tempo.

Simples assim. Tirei o pau para fora da bermuda e pude ver com exatidão o momento em que a velha, no entresono, mas sem simular susto ou coisa parecida, aproximou seu bafo podre da minha barriga. Cheirou meu pau e abocanhou. Exímia, Dona Zuleica era exímia. Sempre suspeitei.

Meu coração era grande, como foi que me deixei ser apanhado?

Gozei, ela engoliu. Depois, virou para o lado sem nada declarar abraçando a Lulu, que assistiu a cena lambendo o cheiro de sexo no ar com sua linguinha.

Voltei ao banheiro para me limpar.

Alimentei o Bicho Papão, não preciso mais ter medo de escuro.

Aí, bizarramente, repensei: Duas lésbicas curtidoras de uma zoofilia, Lulu e Dona Zuleica. Então me dirigi ao quarto dos fundos, minha caverna, onde amarguei arrependimento. Eis a questão: Se mantemos o instinto numa espécie de cativeiro amigável, um dia, cedo ou tarde, ele nos trai.

Fiquei ali, enojado, relembrando a primeira vez em que entrei no apartamento. Havia três televisores ligados. Lembrei de Dona Zuleica falando: Não repare, deixo ligados porque não enxergo bem e assim penso sempre que tem gente em casa.

Nem sei que horas eram quando consegui dormir.

Acordei e repeti a rotina de ir à lavanderia acender o gás para o banho.

Merda, essa não era a primeira vez que pisava no cocô gelatinoso da poodle que, para piorar meu mau humor, me encarava com obstinação.

Lulu encontrava em meus pés descalços penetrando em sua bosta a vingança que redimia sua miserável vida canina.

Envergonhado pela noite anterior, tomei banho rápido. Me arrumei. Saía quando a velha Zuleica me abordou: Gostaria que procurasse outro lugar pra morar, você tem 15 dias de prazo.

Não precisei perguntar o motivo da expulsão. Antes que eu esboçasse qualquer dúvida, Zuleica emendou: Acabou a confiança entre nós, Júlio.

Há muitas maneiras de se fazer com que a confiança vá por água abaixo, afinal de contas. Era isso, ela tinha chupado meu pau feito um aspirador de pó, depois queria acordar como fosse um ser imaculado da criação divina, repleta de convicções, sentindo-se injustiçada pelo idiota que fez com que sua confiança fosse colocada em xeque.

Dona Zuleica sentia-se culpada por ter feito uma gulosa em alguém trinta anos mais jovem.

Veloz e ironicamente me mudei para a quadra de trás. Apartamento de uma senhora chamada Elza. Se me contassem que ela era irmã gêmea de Dona Zuleica, teria acreditado. Elza também tinha uma cadelinha poodle. E alugava o quartinho dos fundos para estudantes. Nesse novo lar eu pretendia ter um pouco de paz.

*Não acha que é tarde demais?*
*E você?*
*O quê?*
*Acha que é?*
*Tarde ou não, nada respondo. Esses anos todos vivi me perguntando se ainda daria tempo. Qual de nós condenou o outro a essa espécie de deserto? Sou apenas um estúpido ventríloquo passando por esse mundo que há séculos insiste em gritar a continuação de uma história sem começo nem fim.*

*Como nesses filmes super-8 Nanda acende um cigarro, solta a fumaça e prossegue como dissesse uma fala escrita por roteiristas: Conheço você, Júlio, você vai dizer que levou muita porrada e não sei mais o quê.*

*Retruco, incomodado: Você me acha bastante otimista.*

*Nossas conversas têm sido desde sempre desse jeito. Falamos quase que propondo enigmas, de um modo que só nós podemos dimensionar.*

*A verdade é que tem muito tempo que passo muito tempo sem Nanda. Muitos olhares trocados com o vácuo, mudo, diante de fotografias.*

Vontade de convidá-la para jantar num desses lugares gostosos, calmos. E vê-la ir molhando os olhos de vinho como quem se lava de docilidade. Mas fazia mais de quatro meses que não recebia notícias de Nanda. Com essa estória do espancamento e com a mudança, fiquei um bocado ocupado. Um dia estava passando pelo Baixo Leblon e de longe vi o Narigudo agarrado com outra garota.

Será que ele e Nanda não estão mais juntos?

Isso me aliviou. Ela devia ter enxergado o quanto o cara era patético. Também fiquei um pouco temeroso, havia outras possibilidades. Ela podia estar com outro marmanjo já no pé dela. Outra alternativa era que o Narigudo poderia estar traindo Nanda. Se fosse esse o caso, não poderia ser eu a dar a má notícia, Nanda não levaria a sério, pensaria ser intriga, dor de corno, ciúme, uma merda dessas qualquer.

Enfim. Eu já não tinha mais nada a ver com isso. O Narigudo e os demais coadjuvantes que se fodessem. Depois pensei que não, que Nanda ainda era muito um assunto meu. Que não entendia por que cargas d´água a gente tinha se separado.

Me indaguei: Por que não vou atrás dela?

Sabe, por mais que escolhamos como amamos quem amamos e quem não amamos, não escolhemos quem amamos quanto escolhemos quem não amamos. E mesmo assim apenas amamos quem amamos e não amamos quem não amamos. E isso é tudo.

Então ela me ligou marcando um encontro. Fomos ao café da Livraria Argumento. Ela, bastante abatida. Eu já tinha reparado o quanto tinha emagrecido. Agora estava outra vez com essa ferida nos lábios. O maldito herpes que ficava indo e voltando.

Nanda disse que precisava ir ao médico. Marcou uma consulta para sexta-feira à tarde. Chorou, estava deprimida. Saímos do café e andamos em direção à praia. Ficamos por um tempo olhando o mar azul entrando na noite. A noite caía. Antes minha existência fosse uma canção de apaixonar as águas. E tempestades lá no fundo de meus olhos iniciassem o céu inteiro onde eu mergulhasse de uma vez sem escafandro nem boia de braço. Contemplar o oceano da areia nunca será tão gratificante quanto cruzá-lo em busca de algo perdido como ilhas que foram engolidas.

Eu precisava ir embora. Talvez eu pudesse ser alguém movediço, do tipo que sufoca os outros dentro da barriga, afundando no chão. Tudo era incerteza. E se não gaguejava era só porque estar diante dela quase sempre era o mesmo que levar um choque. Eu tinha que ir embora. E eu não sabia definitivamente não canonizar o meu desejo. Talvez dessa vez eu fosse precisar consultar o dermatologista para compreender como mesmo no escuro a luz dela seguia me escalpelando. Não a tinha procurado antes por medo. E para o medo, neblina era couraça. Eu não tinha ido pedir desculpas. Não podia pedir desculpas por só saber amar com medo. Eu não admitia mais firmar platonismos, tropeçar no amor perfeito dizendo ai ai". Mas ela era de novo e de novo todas essas desenvolturas que aprisionam. Eu disse "estou indo, tenho que ir." Ela pediu para vir comigo. E veio.

No caminho a gente tentava conversar de maneira banal, mas havia muita coisa não dita, entrelinhas preenchidas por sentimentos confusos. Nanda desviou o olhar na direção do nada para que eu não a visse chorar. Passando a manga nos olhos, disse: A última vez que pensei ter te visto, não era você, era um cara igualzinho, tinha até o mesmo nome, a gente saiu pra beber e aí rolou um monte de coisa bacana e...

Sorri sem jeito: Aposto que o cara era bem melhor que eu.

Ele era legal, Júlio.

Com certeza.

Claro, houve dias em que estive perdido, esquecido feito uma quinquilharia a mais na resseca de bares fétidos. Algo a mais para ser varrido das ruas no escuro do bairro. O coração se refazendo como fosse eternamente um rabo de lagartixa cortado. Algumas moedas tinham dividido espaço no bolso esquerdo com ossos de dedos triturados. O medo tinha me levado ver coisas no submundo, sambas aleijados batendo boca com frequentadoras de Inferninhos. Mas agora estava ali. Era o momento dela me cobrar, ela tinha esse direito.

Mesmo assim apenas disse: Ele andou perdendo o controle, fez um monte de merda por aí, foi espancado, sumiu, achei que tivesse com medo de alguma coisa, soube que apareceu todo destruído no hospital, fiquei preocupada pra caralho, achando que ele tinha se fudido, não sabia se tava vivo.

Ele tá bem, Nanda.

Ela não escondia o choro. Cada lágrima, uma lâmina chorada.

Queria ter ido te ver, Júlio, mas não tive coragem, fiquei assustada.

Calma, tá tudo bem.

Abracei minha garota com todo amor que algum dia soube dar.

Júlio, diz pra ele que tá tudo bem, que nós dois somos dois babacas, que sinto falta dele.

Entramos no apartamento e junto um desses silêncios enormes com suas asas transparentes. Liguei a televisão, abri um vinho tinto de treze paus a garrafa, comprado na promoção do Zona Sul. Como sempre, não toquei no assunto "Narigudo". Depois de um tempo, Nanda levantou e desligou a televisão. E então ficou olhando para mim. Cada vez que o silêncio precisava trocar de posição, coçava as asas com o bico. Ficamos imóveis até o momento em que não deu mais.

Então nos abraçamos com força. Talvez em alguns casos a culpa faça os homens melhores. Será que somos essa espécie permanente de injustos? O primeiro a recuar, será esse o que mais ama? De minha parte, tenho a saudade frágil. Em seguida, trepamos. E aí dormimos.

No sábado pela manhã, ela foi ensaiar sua peça. Pensei que não voltaria, que tinha sido apenas uma "matada" de saudade. Passava das três da madrugada de domingo. Caía forte a chuva, chumbo grosso. A campainha soou. Eu já dormia. Levantei e fui abrir a porta, sabia quem era.

Nanda estava encharcada. Entrou me beijando, a boca azeda de cerveja. Foi para meu quarto e tirou a roupa. Dei para ela uma toalha e um moletom, que ficou enorme em seu corpo. Sentou na cama e me contou que tinha perdido o papel principal da peça.

Tudo bem, você não tem vocação pra mocinha, eu disse.

Ela riu enxugando as lágrimas.

Adoro quando você ri.

Eu trocaria tudo agora em troca de um gozo milagroso, ela disse.

Eu posso te dar um.

Nanda me beijou. Perguntou com a frieza que poucas vezes vi no rosto de alguém: Você continuaria me carregando pra cima e pra baixo se eu ficasse paralítica?

Que tipo de pergunta era essa?

Cê quer saber se eu continuaria...?, é melhor nem pensar.

Sim ou não?

Você sabe que não.

Assim, em meio a conversa nonsense, a gente trepou de novo. Depois a silhueta de Nanda foi chorar baixinho no banheiro. Do quarto a ouvi escovando os dentes. Ela voltou, deitou a meu lado tranquila, como há quase um ano não fazia. E dormiu.

Então abracei minha pequena e sussurrei no quarto escuro: Não sei como tirar a dor de você. Não consigo. Não me culpe o quanto me culpo. Não tenho poderes de anestesiar, de extirpar, de costurar. Mas garanto que todo meu afeto, os melhores sentimentos que posso e possuo, estarão sempre voltados em sua direção. Você está sozinha e eu também estou. E é inexplicável, mas também a nossa ausência tem matéria.

Ela tinha voltado. Mas até quando?

No domingo acordei cedo. Ainda chovia. Fui preparar o café. Bebendo uma xícara, voltei para o quarto e fiquei ali observando o sono profundo de Nanda. Às vezes eu tinha dúvidas se ela estava mesmo comigo no apartamento, mas dessa vez era como respirasse dentro do meu sangue.

Aos domingos o Leblon era quieto. Nanda aproveitou bem o silêncio, ficou apagada a manhã toda.

Levantou e veio até a sala: Fazia tempo que não dormia tão bem.

É que teu anjo da guarda tava por perto, eu disse.

Ela sorriu. Foi até a cozinha. Voltou com uma xícara fumegante.

Tá diferente esse apartamento.

É que é outro.

Como assim?

Eu me mudei.

Sério? Não tinha reparado. Que bom, se livrou da velha.

Me livrei daquela, mas ganhei outra.

Como assim?

Esse apartamento é da irmã gêmea da Dona Zuleica, a Dona Elza, só que esse é melhor porque a dona Elza não mora comigo, ela mora em outro, no andar de cima.

Não tô entendo, que loucura, a Dona Zuleica tem uma irmã gêmea?

Não exatamente, é melhor eu nem tentar explicar, falei como que liquidando o assunto, enquanto me servia de mais café.

Nanda ficou quebrando a cachola para entender a estória da velha duplicada enquanto bebia o café. Perguntei: E você? Vai fazer o quê?

Não sei... procurar emprego... não volto mais pra peça.

Falei que continuaria recebendo algum dinheiro da mesada da minha mãe, que podia cuidar dela, que mandasse os caras da peça à merda.

Ela me queria por perto. Também eu queria ter uma espécie de anzol capaz de fisgá-la pelos poros. Eu era sua vítima, ela a minha. Jogamos sujo algumas vezes. Nanda me fez maldades? Eu também vivia cutucando suas feridas. Essa estória de sustentá-la com o dinheiro da minha mãe não soava nada bem. Era acertar em cheio seu orgulho.

A verdade (refute à vontade) é que quando a gente ama demais, faz um tremendo esforço para não ser amado.

Eu te amo, ela disse.

E esperava que eu respondesse o mesmo, mas tudo que fiz foi dizer, como me referisse a algum vírus: Também tô com um bocado disso em mim.

*A madrugada em que pisei de novo em Curitiba. Fazia 7 graus e tudo era branco do lado de fora. O ônibus da Itapemerim mergulhando num copo de leite integral gelado, cheio de nervuras, quase virando pedra. Trazia uma mala pequena e um coração pesado demais. Não carregava livros, apenas poucos amigos, algumas memórias. Vinha do Rio de Janeiro e meus olhos tinham secado. Estava de volta em minha cidade, em suas ruas vazias com indecifráveis hieróglifos de mijo, a caligrafia de almas simbolistas.*

Passamos a uma fase boa. Em que nos divertíamos muito. Apesar da aparente fragilidade física de Nanda.

Numa tarde de sábado, bêbados, percorremos a Avenida Nossa Senhora de Copacabana, que não ligava a mínima se éramos dois terroristas armando atentados um contra o outro. Não se importava se ali estavam uma atriz e um vagabundo molhados de álcool e saliva.

A cada quadra nos assustávamos com coisas grotescas de tão simples, de tão reais. Os moradores de rua eram uma obsessão, o alvo de nossa pesquisa humanista. A decadência do bairro nos inspirava.

Passamos pela Praça Sara Kubischk, pelo mural em que está escrita a data em que o frescobol foi inventado. Andamos alguns quarteirões, entramos numa igreja. A gente queria impressionar Deus, o cara que parecia às vezes jogar no time adversário. Dentro da igreja, nostálgicos, murmuramos, relembrando nossos avós.

Podíamos viver eternamente pesquisando um do outro as sutilezas, nos espantando com a obviedade da beleza, sempre tão à cara e ao mesmo tempo misteriosa.

Continuamos passeando.

Paramos no Bip-Bip, o bar minúsculo onde rolam rodas com grandes feras do samba e o cliente mesmo é quem busca sua cerveja e anota quantas tomou. Bebemos nem sei quantas latinhas. Lembrei que era preciso telefonar para minha mãe, dar um olá. Ela atendeu com uma voz gelada que me angustiou.

Algum problema, Mãe?

Não, é só o frio de Curitiba, filho.

E o pai como está?

Do mesmo jeito, implicando com tudo.

Ele quer falar comigo?

Ele tá no banheiro, liga de novo depois.

Nanda pediu para falar com minha mãe. Passei o celular. Ela foi extremamente doce. Riu fazendo minha mãe rir. Após desligar, perguntou se eu não estava com saudade.

Sim e não, eu disse.

Como assim sim e não?

Tô com saudade de algumas coisas dela e não sinto saudade de outras. E você?

Eu o quê?

Você não tá com saudade da tua mãe?

Minha mãe não existe mais, Júlio.

Por isso mesmo.

Não sei mais sentir saudade dela.

Ela deve ter saudade de você.

Nanda fez uma pausa olhando para o nada, depois concordou dando a sentença: As mães sempre estão com saudade dos filhos.

Paguei a conta no Bip-Bip e caminhamos até a praia. Andamos um pouco e paramos num quiosque. Pedi mais cerveja. Ficamos bebendo e conversando.

Cerveja em lata me deixa meio enjoada, vou passar pro chope, ela disse.

Dois, pedi ao garçom.

Foi curioso, eu já devia estar bem bêbado, fiquei olhando ela passar, distraída, 4 ou 5 vezes, de cima à baixo, a mão no rabo de cavalo, depois soltar as madeixas e aí cruzar os braços. E ainda, numa ação definitiva, arrumar o cabelo atrás das orelhas. Não sei porque reparava com tanta atenção nisso.

Nanda tá doidona, pensei.

Como que lendo meu pensamento, ela disse: Tô bêbada pra caralho.

Os chopes chegaram numa bandeja, nem sequer olhamos para o garçom.

Ficamos um tempo não pensando em nada, fumando e bebendo. Fui dizer algo e ela me interrompeu: Para de falar merda e vem aqui.

Pegou na minha coxa: Se eu fosse uma puta e você tivesse vindo me procurar...

Acariciei seu rosto: Quem disse que eu ia te procurar?

Óbvio que ia, ainda por cima ia chegar dando uma de fodão, perguntando "quanto é o programinha?".

Imitando o mesmo movimento engraçado e sensual que ela tinha feito acreditando por sua vez estar imitando os trejeitos de uma puta, perguntei: E você cobraria quanto o programinha?

Embora fosse óbvio que não levava o menor jeito, ela disse: 80, em dinheiro, e mais 20 do quarto.

Baratinho assim? Acho que você vale mais do que isso.

Como sempre, ela parecia ter a resposta pronta para esses momentos: Acho que toda mulher vale mais do que isso, mas não vem ao caso agora fazer um discurso, já que na verdade depois que eu der o preço você vai perguntar "e o que você faz?".

Como assim "o que você faz?"

Ela sacou minhas intenções e me deu uma pequena bronca dessas que as mulheres dão em seus bichinhos de estimação, apertando-lhes as bochechas: Bobinho, não se faça de desentendido.

E prosseguiu: Faço tudo, o que o cliente quiser, sou uma profissional.

Tudo mesmo, tem certeza?

Pensou, acendeu o cigarro. Nesse momento, contou que se deflorou com uma vela aos doze anos. Em retribuição, afaguei seu rosto. Então falou com um tipo de convicção que não era suficiente para convencer nem a si mesma: Faço tudo, tudo mesmo.

Cocei o queixo: Bom saber.

Quase tudo, gaguejou um pouco antes de encarar a parada até o fim, colocando o preço final.

Quanto?

100, com anal é 150, mais os 50 do quarto.

Ri, só podia rir.

E por quanto tempo?

1 hora.

Tô achando você uma putinha muito barata.

Qual a graça de ser uma putinha se você não for barata?

Não sei, a vantagem talvez seja que você pode, cobrando caro, pegar clientes no Copacabana Palace e receber gorjetas bem maiores, programas de 800, ou mais.

Meu bem, me parece evidente que você é o tipo do cara que não conseguiria mais do que uma piscadela de alguma dessas moças elegantes e caridosas da Prado Júnior, falou me provocando.

Não, meu amor, o que você ainda não entendeu é que, se fosse preciso, eu daria a vida por você, mesmo você sendo uma putinha da Prado Júnior.

Admito que a frase soou canastra, mas o álcool produzia tais efeitos em mim quando eu estava feliz.

Do que você gosta?

Quem tá perguntando, a Nanda ou a outra, a putinha dos 150?

100, a não ser que você seja um desses tarados.

Eu sou um desses tarados.

Então, do que você gosta? O que você ia querer de mim se eu fosse uma putinha ordinária e suja?

Me aproximei dela e dei um beijo melado, sua boca era o gosto de conhaque e cigarro misturados com o chope.

Eu teria pedido um beijo como esse.

Nanda deu uma tragada funda e me meteu outro beijo semelhante ao anterior.

Tô duro, sussurrei.

Ela me esfregou com o antebraço por baixo da mesa confirmando. Continuamos nos beijando.

A noite com suas gotas de sereno amargo começou a descer lenta. As sombras se infiltravam na gente. Desci as mãos por suas costas até chegar na bunda.

Aqui não, me afastou.

Levantou se ajeitando: Vou ao toilette me recompor.

Nanda era esse tipo de garota que ia se recompor. Eu, o tipo de maluco que ia na cola da mulher quando ela ia se recompor.

Entrei junto. Tranquei a porta. O toilette fedia a mijo.

As garras de caranguejo de Nanda contornaram minha boca. Suas pernas longas se enroscaram nas minhas. Seu cheiro, o olhar de safada. A gente se entendia, digo, a gente se sobrevivia. Arranquei a blusa dela. Nanda tinha emagrecido um bocado. Os peitinhos me apontaram acusadores. Levantei a saia, tirei a calcinha. Pedi que se virasse, sua bunda era pequena, curvas desenhadas por alguém muito esperto, talvez um Mondigliani com quatro garrafas de tinto na cabeça. Ela implorou: Me lambe.

Lambi as coxas meladas, subi para o umbigo, explorei o abdômen, o pescoço. Pornô, mas com amor. Bebi de suas mãos o derrame de um tapa na cara. Devorei seu coração, um baiacu venenoso. Olhei para gente no espelho. E o espelho refletia na minha imagem a imagem de Nanda. E no espelho Afrodite cavava a terra que envolvia meus olhos, arrancava-os das raízes. Vendava-me com a tarja da treva. Servia-me vivo para banquetes de urubus quando a morte não tinha pressa. Eu a comia e ela comia meu rosto. Eu chupava, acariciava. Descontrolada, ela dizia coisas sem sentido e pedia mais. Bateram na porta, Nanda gritou um "já vai" rouco, meio apagado.

Sentei na privada, abri o zíper. Ela veio por cima, mais leve do que nunca. Me engoliu de uma só vez. Na primeira estocada gozamos mordendo os lábios um do outro. Bêbados e banheiros são amigos íntimos, era tudo o que sabíamos. Estávamos à vontade. Subiam de nós dejetos de choro e alegria. Só agora entendo: o fogo oculta o que devora.

Liguei para ela três ou quatro vezes. Deixei recados, não retornou. Respeito isso nas mulheres, a necessidade que elas têm de ficar um tempo refletindo sobre as coisas para depois chegarem à conclusão de que nada existe que não valha ser gasto com algumas risadas entre elas e as amigas.

Um dia estava no cinema, o celular desligado. Quando a seção acabou e voltei a ligar o aparelho, tinha uma mensagem de voz me convidando para ir à estreia de sua peça. Peguei um ônibus e fui para o Baixo Gávea.

Comi um sanduíche de churrasco com queijo e bebi alguns chopes no balcão do Braseiro. Depois fui ver Nanda atuar, às 20 horas de uma quarta-feira lavada pela garoa.

Entrei a pé. Atravessei o portão carcomido pela ferrugem. Me vi obrigado a espantar dúzia e meia de gatos, desconfiados vigias de um Jóquei Clube recendendo a decadência. Um desperdício de lugar ancorado no coração da Zona Sul, assemelhando-se a uma vila fantasma dominada por, sem exagero, centenas de gatos.

Bem, pelo menos eles têm um teatro aqui dentro, pensei.

Podia deduzir que Nanda tinha chegado uma hora e meia antes dos três sinais que em meus ouvidos de plateia soavam nesse momento. Ela devia ter ajeitado suas coisinhas no camarim, figurinos, objetos de cena. Depois rido com os colegas, comentando os erros da noite anterior. Devia ter conversado com o diretor, perguntado a ele se seus olhos estavam mantendo o brilho da verdade.

O diretor não deve tê-la levado a sério, então ela possivelmente foi se concentrar num canto estremo, repassando suas marcas na cabeça. Quando a luz acendeu estava eu ali com o resto dos espectadores, bem no meio da plateia, de surpresa, homenageando-a. Ela sabia que a palavra homenagem era a mais correta, pois vinha de alguém que se não detestava, no mínimo, não se dava nada bem com teatro.

A homenagem vinha de um pessimista, ok, mas como se tal conceito não fosse uma denúncia tão contraditória quanto o absurdo de eu estar nessa plateia. Eu que era traumatizado pelo fato de na minha pré-adolescência minha mãe, com o intuito de que eu desenvolvesse espírito de grupo e me desinibisse e também passasse a ter senso de responsabilidade, acreditando no blablablá da psicanalista dela, ter-me matriculado num desses cursos de intermináveis seis meses, quando vivi experiências para me reconectar com o meu verdadeiro ser e etc.

Antes da peça começar propriamente, apesar dos atores já estarem em cena, pude, correndo concentrados olhos, investigar sem minúcias uma plateia cheia: professores de Nanda, a quem noutras ocasiões tinha sido apresentado, havendo ainda, na extrema direita da primeira fila, três garotas e um gordo que, se não estou enganado, vi uma vez dando uma de confidente de Nanda.

À esquerda do gordo, uma loirinha, parecia carinhosa, com ares de ninfeta fatal. A que estava imediatamente ao lado da loirinha tinha um jeito condensado, certo mau-humor na face, de quando em quando, ao longo da peça, deixaria escapulir da barriga altas gargalhadas em resposta aos chistes provocados pelos atores em cena. A terceira, uma morena com mais bochechas que tetas. Bochechas que se ela viesse informar que desejava redesenhar com cirurgia plástica, alguém decente deveria insistir que isso seria um atentado contra o que fisicamente ela tinha de mais interessante.

E o gordo? Eu achava que já tinha sentado no Baixo Gávea alguma vez na mesma mesa que ele. Devia ter tomado junto com seus amigos de bandas de rock alguns chopes. De modo que sabia, era metidinho a intelectual. Talvez fosse apaixonado por Nanda. Desses que não largam do pé.

Cansado dele, deslizei o olhar para outro lado. À minha esquerda estava o Narigudo, agora com espessa barba, também e estranhamente alguns centímetros mais alto do que eu. O Narigudo tinha espichado e virado uma espiga metida a ponderada. Que se danasse, não ia me sentir desconfortável por um tolo como esse dividir a atenção de Nanda. Mesmo porque, logo após a apresentação, ela veio em minha direção dizendo ter ficado surpresa com minha presença e que, comovida, tinha feito a peça para mim.

Reparou o quanto olhei pra você de dentro do palco? Fiz a peça pra você, foi o que ela disse.

Parabenizei Nanda e à francesa fugi dali. Se quisesse, ela saberia onde me encontrar. Saindo do Jóquei fui escoltado pelo movimento soturno dos gatos, possivelmente comandados por uma bruxa invisível escondida da chuva no meio das copas das árvores. Eu realmente entrava em pânico nesse lugar. Ao sentir um vulto cruzar por mim, tropecei, ralando o cotovelo direito no terreno de pedrinhas e areia.

Depois de quarenta minutos, Nanda veio me encontrar no Baixo Leblon. Obrigou-me entrar no carro e nos dirigimos ao Humaitá, para uma festa na casa de uma colega do elenco. Como tinha ido para lá contrariado, sequer dei os parabéns para os atores. Até é comum toparmos com talentos deslumbrantes, mas (que remédio?) quantos acabam deslumbrados. Não me preocupei em ser simpático. Me servi de vodca e fui para o canto mais isolado. Fiquei vislumbrando tudo de longe, pessoas afetadas a devorar canapés.

Éramos eu e a garrafa com o leite russo. Achei por bem garantir que teria o direito de bebê-la à vontade, por isso a mantive próxima. A festa estava uma droga. Acompanhada do Narigudo, Nanda voltou da cozinha.

Quando isso vai ter fim?, pensei.

O Narigudo vivia servindo cocaína para todo mundo. Esse era o jeito que ele tinha de trazer Nanda para mais perto. Doía imaginar os dois lado a lado numa cama, já que era isso o que no final das contas estava em jogo. Mas nessa noite eu não passava de um grande estraga-prazeres, então me resignei, era o perdedor do momento. Nanda estava adorando o joguete infantil de me fazer ciúmes.

Sem que ninguém percebesse fui até o banheiro e levei o violão. E escondi no box do chuveiro, esperando que o Nariz não resolvesse tomar nenhum banho no meio da madrugada.

Voltei para meu canto. A Bochecha e a Loira se aproximaram. Ofereci um gole de uísque: Não obrigada, estou abstêmia, disse a Bochecha.

Cê tá abstêmia, por quê?, perguntou a Loira, emendando depois um "que pena."

Por causa da cirurgia, disse a Bochecha.

Que cirurgia?, perguntei.

A plástica que ela vai fazer, falou a Loira.

Não era pra falar, garota, disse braba a Bochecha e foi saindo na direção da varanda.

Ela vai mesmo fazer isso?, perguntei.

Pois é, ela tá decidida, vai arrancar as maçãs que dão ao seu rosto esse arzinho pecaminoso.

Não falei mais nada. Fiquei meio ensimesmado, com a imagem das bochechas da Bochecha sendo cortadas como fossem picanha num churrasco. A Loira ficou ali um tempo me olhando, até que pegou meu copo e virou num gole: O que cê acha da gente ir lá pra dentro e eu te chupar?

Ela não esperava minha inusitada reação.

Como assim, quer dizer então que se não fosse uma brincadeira e eu realmente pretendesse te levar pro quarto oferecendo um belo boquete, você não aceitaria, foi isso mesmo que eu entendi?

E antes que eu respondesse, ela me ajudou: Que idiota não aceitaria uma chupeta fácil assim, dessa boquinha carnuda?

Pois é, foi o que consegui responder.

Gargalhando, ela foi na direção da varanda: Nanda, teu amigo é bicha ou o quê?

E contou para todos o divertido diálogo que tinha travado com o mal humorado, o nada espirituoso, que sequer embarca numa brincadeirinha, o grande otário.

Minutos depois, em seu vestido leve, os pés nus a contribuir para um certo garbo, foi a vez de Nanda se aproximar de seu animal capturado. Não dava para a todo instante não reconhecer que ela era linda. Mas algo estava acontecendo, ela só podia ser mutante, porque cada vez que a olhava para mim estava mais magra.

A gente tava resolvendo questões da peça pra amanhã, disse.

Sem problema, tô tranquilo aqui com minha velha amiga russa.

Então me beijou de modo impessoal. Pedi seu celular emprestado.

Vai ligar pra quem?

Vou convidar o ÉL.

Contrariada, me estendeu o aparelho. Expliquei a situação para ÉL, que não era de recusar uma festinha, passei o endereço e desliguei. Devolvi o celular. Nanda emburrada. Era como se uma gota de limão tivesse azedado sua língua e contorcido levemente seu rosto. Ela detestava meu amigo falastrão.

Tô suportando esse pessoal do teatro, não tô?, falei. Nada mais justo que eles suportem Mr. Eldorado.

Nanda me deu outro beijo, dessa vez no rosto. Foi tão seco que ela precisou ir buscar umidade do lado de fora.

Passaram 40 minutos e nada do ÉL aparecer. O apartamento a essa altura era uma panela de pressão entupida de fofoca, risada, insinuações e trilhas de filmes ganhadores do Oscar esquecidos nas caixas de som estrategicamente colocadas nas extremidades da sala.

A cada dose, lata de cerveja e canapés, as conversas afrouxavam e descambavam para tons agudos. Eu estava quieto feito uma coruja num lugar escuro. Fui ao banheiro. Quando voltei, ÉL já estava cercado pelos convidados. E fazia um de seus discursos inflados, sem nunca deixar de ser gentil com quem escutava.

O melhor ator de todos, pensei.

A anfitriã se aproximou de mim: Júlio, olha o que Eldorado trouxe.

Como é que esse malandro consegue?, pensei.

Em pouco mais de uma hora ele tinha dado um jeito de arranjar algo com que presentear a dona da festa em que ele não passava de um enrugado e bronzeado peru.

Ele não parava de falar. Excitava as pessoas a sua volta: Que é preciso desarmar o rancor da vida utilizando ações simples, que é preciso destravar as ferrenhas mandíbulas do mau-humor, enfim, teses e mais teses de ÉL.

Em algum momento o interrompi: As pessoas estão preocupadas com outras questões, ÉL.

É mesmo, Júlio Karneval, e quais são?

Sei lá, o quanto devem pro banco.

Sei, disse o velho.

E eu: Intimação judicial, despejo, essas coisas.

ÉL me ignorou e prosseguiu amavelmente discursando para os jovens talentos: Não ligo de envelhecer se eu puder construir algo enquanto envelheço.

Você não vai envelhecer, ÉL, vai ser sempre esse maluco libertino, gritou a Loira metendo um beijo na boca do coroa.

O beijo foi ovacionado. Alguém apareceu com o violão. O maldito violão. O Narigudo o recusou. Mas todos insistiram. O Nariz continuou reticente. ÉL assumiu o instrumento e, em tom pomposo, disse: Farei às vezes de mestre-de-cerimônias, tocarei uma canção carnavalesca para dar início aos trabalhos.

Todos riram. E aplaudiram. Ele tocou "eu sou a filha da Chiquita bacana / nunca entro em cana / porque sou família demais". E todos se regozijaram. Eu achei um saco.

Depois disso, emendou um blemblemblém desritmado numa afinação que sequer as dissonâncias bossanovísticas mais audazes tiveram notícia. ÉL tinha uma índole experimental.

A Loira pegou uma buchinha de pó com o Narigudo e foi para o banheiro retocar a maquiagem. O Narigudo sorria. Tomou para si a responsabilidade de seresteiro, sentando-se no sofá, violão no colo. O apartamento silenciou. Todos respeitavam quando o Naso tocava.

Eu gostava mais da falta de critérios apresentada por ÉL, estridente, expansivo. As pessoas, até mesmo ÉL, não escondiam a satisfação em ouvir o Nariz cantante com sua técnica precisa e elaborada a deslindar sambas clássicos, um após o outro, de modo leve, informal. E como não bastasse o filho da puta se mantinha sóbrio. Sóbrio feito um... Feito um filho da puta que se mantém sóbrio.

A Loira, contaminada por uma carga extra de hilaridade, um tanto inconveniente, voltou do banheiro com a camisa e a calça encharcadas: A pia enlouqueceu, berrava e gargalhava, bufava.

Foi então que, no auge da excitação, resolveu nos brindar com um striptease sem nenhum resquício de sensualidade, por mais que o Narigudo do violão se esforçasse a acompanhando com firulas. Desengonçada, estimulada por gritinhos de "tira-tira" entoados por ÉL e demais entusiastas, a Loira foi abrindo a roupa enquanto se escorava em um e outro para não ser derrubada por ela mesma com a saia agarrada nas canelas.

Para mim não dava mais. Levantei e, sem dar tchau para ninguém, simplesmente saí pela porta. Desci as escadas do prédio, atravessei a portaria e desapareci no silencioso verde-musgo do Alto Humaitá.

*Repara, de repente, das mãos de uma velha só pele e osso você ganha uma rosa amarela de plástico. Essa velha é a noite a embalar tristonhos rocks. E a rosa é o que você quiser que seja: a alegria de dividir uma comemoração com amigos, ou a presença inesperada da garota que você ainda ama mas já não lembra bem como fazê-lo.*

*Chove, você sai a pé. A imagem no espelho de uma poça d'água arranha seus olhos de afogado. Você corre, mas uma nuvem de passados negros o acompanha, como fossem uma dezena de pássaros. Isso. E os pássaros são o teu amor ferido. E o teu amor ferido é um clichê portátil.*

Ele vivia me convidando para algo exótico.

Café da manhã, onde, ÉL?

No Bob´s ou no Lamas, você escolhe.

Ele era um dos filhos da mãe mais malucos e divertidos que já conheci.

Um amigo que, segundo ele mesmo, manda para o inferno o sacrifício dos mártires, o orgulho dos inventores, o ardor dos plagiários em troca de meia dúzia de chopes no meio da tarde. Do alto dos seus sessenta e tantos anos, ÉL não tirava o iPod das orelhas, sabe-se lá o que rolava em seus tímpanos o dia todo.

Dessa vez nos encontramos por volta de 19 horas, na Lapa. Fomos para seu bar predileto. O Arco-Íris vendia cerveja barato e exalava odores nada agradáveis de mijo de gato e de gente misturados a pneu queimado no asfalto, escapamento de ônibus, restos de comida, bebida e, nem tão eventualmente, algum vômito seco e pacificado até o momento em que a chuva transformava a calçada num mingau escorregadio.

Apesar do quadro lamentável, de modo geral bastante comum em se tratando da Lapa Carioca, o boteco vivia lotado. Eu não me sentia muito bem nessa espelunca onde as pessoas se atulhavam para idiotamente se empanturrarem de cevada. De todo modo, eu era mais um dos caras que deixavam pelo menos uma ou duas notas de dez cada vez que por ali passava.

A gente tinha chegado no começo da noite. ÉL era um profissional. Talvez eu fosse um discípulo. Cambaleantes, saímos do Arco-íris e decidimos cruzar a Lapa a pé. No Beco do Rato encontramos alguns amigos poetas e meia-dúzia de roedores. Ficamos ali algum tempo. Aí uma ratazana veio me perguntar sobre a peça de Nanda, se era boa, e se o ingresso estava muito caro, e se valia a pena, e se por acaso Nanda estava doente, porque devia estar, já que tinha emagrecido demais desde a última vez em que ela a tinha visto.

Puta garota chata.

Não, não sei se a peça é boa, não sei se vale a pena, eu fui na estreia mas não me lembro de nada, já faz um mês, e nunca mais vi nem falei com Nanda e etc, etc, etc.

Eu não aguentava mais. Falei: ÉL, tô indo nessa, a gente se fala depois.

E fui. ÉL veio atrás. Em silêncio caminhamos na direção da Glória. Mais à frente, próximo ao Motel Diamond, havia um grupinho de travestis.

Bom trabalho, meninas, disse ÉL a elas, que retribuíram a saudação com cantadas. Uns 20 metros adiante, uma delas negociava com a janela de uma Mercedez-Benz. Nada feito. O carro partiu e ela veio voltando em nossa direção. ÉL parou para conversar.

Ela é gostosa, ein, Júlio?, disse meu velho amigo apalpando a bunda nua da moça.

Pára com isso, vamos nessa, ÉL, eu já tô atrasado.

Deixa ele se divertir, gatinho, se defendeu a travesti.

Bom, ele que sabe, disse e fui caminhando.

Querida, hoje, infelizmente não vou poder ficar, mas numa próxima oportunidade vou querer te conhecer melhor, disse ÉL.

E depois: Espera aí, Júlio.

Quando me virei para reclamar, ÉL estava dando um beijo na travesti.

Vou te esperar, fodedor, falou enquanto ÉL vinha na minha direção.

Continuamos andando. Passamos pelo Catete. E ÉL não deixava barato, logo vinha com discursos de quem tinha sofrido a ditadura militar. Era como ter aula sobre a história do Brasil com o mais insano dos professores e, melhor ainda, dentro do cenário onde muitas das coisas tinham de fato acontecido.

Chegamos ao Largo do Machado. E senti uma incrível ternura por José de Alencar condenado ao bronze, servindo de guarda de trânsito numa pracinha ao redor da qual passam milhares de pessoas diariamente sem ao menos se perguntarem quem é a figura.

Quis comentar sobre o que estava pensando, mas ÉL já fazia um de seus discursos invocatórios.

Eu amo os velhos mendigos que dormem próximos das pedras, dentro dos barcos fora de uso. E não aceito que me falem de flores. Quero ser considerado grotesco. Minha aparência deverá sugerir isso, mas minha fala será calma e preenchida de sabedoria.

Por que ser grotesco?, perguntei.

Replicou aos berros: Porque dois olhos não sabem enxergar mais do que o nariz, caralho.

Tentei avisá-lo que pessoas de bem dormiam em seus lares minúsculos, foi em vão. A partir desse momento ele já não escutava nada que não fossem seus impulsos instintivos, fazendo improvisos que talvez estivessem melhor contextualizados numa peça de teatro. ÉL declamava e se mexia numa esquiza dança.

Tem anos que faço esse percurso, Júlio, eu sou um dos poucos que tateia a decadência desses bairros com o olfato. E provavelmente, como quase sempre, estarei agindo errado.

Era impossível acompanhar o modo frenético e delirante com que Eldorado raciocinava. Embora eu me esforçasse para entrar no jogo o instigando a ir mais fundo. Ele abria o corpo feito alguém que pretendesse abarcar toda a humanidade. E de algum modo era um profeta nesses momentos.

Fomos xingados um par de vezes. Quase atropelados por um taxista. Houve também cúmplices: um português abrindo as portas de aço de sua panificadora, algum morador de rua que ao ouvir as palavras de ÉL aplaudiu.

Quando o show acabou ele suava ofegante, agora querendo falar o mínimo possível, feito um ator que vai tirar a maquiagem no camarim, olha-se no espelho e pensa se realmente acredita em tudo que acabou de defender diante do público. Minutos fundos de fragilidade espiritual. E ainda assim, em seu estertor, ÉL me disse algo bonito: Eu amo o beija-flor porque ele é capaz de bater mil vezes as asas sem se deslocar um milímetro sequer. Veja, Júlio, eu digo essa frase e ela cura um pouco os meus olhos poluídos de cidade grande.

E então ele voltou a colocar um sorriso no rosto e, calmamente, já com óculos escuros porque o sol da manhã chegava queimando os olhos dos morcegos, disse ainda: Meu caro Júlio Karneval, é preciso coragem, mas no sentido da origem da palavra, de coração... coração, Júlio. Não quis falar antes, mas só não vê quem não quer, Nanda está doente.

Então era isso, nossa conversa abria mais um capítulo, que se chamava Coragem. Grande merda, filhos da puta.

No final de semana seguinte, depois da sessão fui ao teatro falar com Nanda, ver com meus próprios olhos como ela estava. Dali fomos para o Baixo Gávea. Entre um chope e outro me disse que tinha sido a pior apresentação, nunca esteve tão ruim em cena.

Tinha conversado com o diretor. Por conta disso começou o primeiro ato totalmente abalada. Chorava. O diretor era um arrogante. Seus problemas íntimos vinham tomando dimensões visíveis e a estavam atrapalhando profissionalmente.

Ela não estava nada bem, era evidente. O processo de montagem da peça a tinha levada a uma verticalização radical. Tinha emagrecido demais. Estava pálida. Estressada. O diretor vivia dizendo que ela tinha que fazer melhor, que não passava de uma mimada.

Estava em cartaz fazia um mês e uma semana. A peça não era nenhum sucesso. Nem a crítica, tampouco olheiros da TV estavam voltados para seu trabalho, faltavam ainda mais dois finais de semana para acabar a temporada e tudo o que ela desejava era morrer.

Alguém telefonou para seu celular e isso me incomodou. Ela não atendeu, nem perguntei quem era. Ela tentava tratar a questão com bom-humor, mas dava para notar que estava profundamente chateada. Eu não queria entrar nesse jogo, não dessa vez. Jogar tudo fora e não lamentar.

Preciso ir embora, disse eu levantando.

Como você vai?

Vou pegar um táxi.

Fez questão de me dar carona. A língua nos olhos, seu paladar, seu mau gosto mais uma vez me cegaram. Sabíamos onde isso ia dar. Eu tinha entulhos na garganta, vinha quieto no carro. Mais uma vez ela perguntou o que eu achava do que o diretor tinha falado. Sei lá que espírito sádico baixou em mim, lembro de ter dito concordar com as acusações. Ela não esperava isso. Disse que eu só concordava com essa merda para provocá-la. Argumentei que não, que realmente pensava que o diretorzinho estava certo. Ela chorou e me xingou. Depois fizemos um longo silêncio. E assim ficamos, esquecidos no tempo ruim feito alimentos totalmente apodrecidos. Até que falei não suportava vê-la triste, que embora concordasse com o diretor achava que ele a acusou na hora errada e da maneira errada.

A discussão não parou nisso, acabamos despejando uma porção de desaforos soterrados um no outro. Dei minha liçãozinha de moral, que ela tinha que crescer, que era uma menininha que não sabia porra nenhuma da vida, que não abria mão de nada, que queria o mundo aos seus pés.

Ela berrava que eu era um merda, que não tinha o direito de dar de dedo nela, que eu não passava de um filhinho da mamãe brincando de ser desenhista no Rio de Janeiro, que se eu a odiava tanto e odiava tanto o Rio por que não voltava para bosta do lugar de onde eu tinha surgido.

Desci do carro berrando: Você tá a fim de fazer um escândalo?

Ela telefonou para o Narigudo vir encontrá-la. Afirmei que se ele viesse seria para entrar na porrada comigo de novo. Depois continuei falando e falando nem sei bem o que, que tinha feito tudo por ela, que ela só pensava no próprio umbigo, que as peças que ela fazia tinham acabado com nosso relacionamento, que por isso ela estava cada dia mais raquítica e feia.

Ela se ofendeu, se estava tão magra era porque passava por problemas sérios. E a minha sensibilidade de mula só piorava as coisas. Discutimos um tempão até que Nanda: Você quer o quê? Que eu corresponda como essa coisa doente?

Respondi com raiva: Você abre as pernas, eu chupo tua boceta e você vai embora.

Ela ficou sem ação. Depois, cada lágrima uma lâmina chorada. Por baixo do sal, sorriu alguns segundos. E entrou no carro, bateu a porta e saiu dirigindo muito lentamente. A pé a caminho de casa acendi um cigarro. Meu rosto estava duro, maníaco. O desprezo nunca será delicado, por mais que você sorria. Chutei uma pedra que rolou para o meio da rua deserta. Algo assim: Uma historinha mastigada, depois vomitada, um delírio fétido que agora até mesmo os mais íntimos teriam nojo de pegar do chão e jogar na lixeira dos orgânicos. Pelo menos a chuva lava.

A brisa gelada soprava nas árvores.

Achei que essa briga tinha sido a gota d´água. Mas no dia seguinte ela apareceu no meu apartamento como se nada tivesse acontecido. Nada está ok quando queremos ir mais longe. É sempre uma viagem pedregosa até a praia deserta da burrice. E assim seguimos por um tempo. Ela cada vez mais magra.

Claro que eu me preocupava. Tentava entender, conversar. Nada a irritava mais do que tocar no assunto de sua perda de peso. Logo se defendia, culpando os trabalhos. Dizia que os comerciais de televisão exigiam tal estética. Mentiras. Que a personagem do filme para o qual faria um teste tinha esse biótipo. E que eu não enchesse o saco, porque se eu era sustentado pela mamãe, ao menos ela trabalhava.

Ela não andava nada bem, vinha sentindo frio mesmo nos dias quentes. Qualquer coisa a colocava em estado de nervos alterados. Volta e meia não lembrava do que tinha feito um pouco antes pela manhã. Só saía de casa para trabalhar. Em lugares públicos se sentia desconfortável. Ela se recusava procurar um médico. Sua libido parecia ter simplesmente escoado.

Numa noite a gente estava jantando no Fellini, Nanda parecia feliz, comendo razoavelmente bem. Comecei a me tranquilizar, achava que a crise aos poucos estava passando. Após uma colherada no musse da sobremesa, pediu licença e foi ao banheiro. Esperei alguns segundos, levantei e fui atrás. Entrei no banheiro feminino e a flagrei enfiando o dedo na goela.

Tem um monte de mulher burra morrendo por causa disso, eu disse em tom baixo.

Ela lavou e enxugou a boca e saiu.

Era o que vinha fazendo durante esse tempo todo, vomitando sempre após as refeições. Comia e se sentia culpada, mandando tudo para fora de novo. As dores de barriga, fenômeno decorrente da prática, seu pobre estômago e seu recente hálito de madeira mofada. Nanda tinha chegado num estado de fraqueza intolerável para mim. Eu a estava vendo se matar e não sabia como agir.

Finalmente decidi que a levaria ao Hospital mesmo contra sua vontade, bastava colocá-la para dormir com algum ansiolítico. Fui até seu apartamento, mas não a encontrei. Perguntei ao porteiro se tinha alguma notícia. Ele não a via há mais ou menos um dia e meio.

Liguei para nossos amigos. Fui aos seus lugares de ensaio. Nada. Até para o Narigudo apelei, disse temer que algo grave tivesse acontecido. Corríamos o risco de perdê-la para sempre, era importante nos unirmos para procurá-la, ele devia ficar de olho aberto e me avisar se soubesse de alguma coisa. O idiota não me levou a serio.

Fui para casa, quem sabe ela aparecesse. Liguei para seu celular um milhão de vezes, nem sinal. Não se anestesia a realidade, tampouco se sobrevive a tanto. Necessitava redenção? Não. Apenas encostar a cabeça no travesseiro e me deixar. O amargo dos sons invadindo o apartamento e também não eram sonhos. Antes houvesse algumas oras diárias de escuridão na escuridão. Mas todos só queriam o mundo colorido e sonoro feito um parque de diversões. Eu, ao contrário, devia ter comprado muitos ingressos para o trem fantasma. Meia-noite e quarenta, resolvi procurar em outros lugares. A chuva molhava as ruas.

Varei a madrugada procurando pela cidade, em desatino. Tentei obter pistas em cada buraco, cada entrada do inferno, cada porta dos fundos. Entrei e saí de táxis. Segui placas de contramão. Procurei nos hospitais da Zona Sul. No outro dia pela manhã fui à delegacia. A polícia me perguntou quanto tempo fazia que ela estava desaparecida.

Mais ou menos dois dias.

Eles me desesperaram dando Nanda possivelmente como morta. Fui até o IML e, pelo menos oficialmente, ela continuava viva. Então voltei para casa. Anoiteceu. Exausto, dormi. E uma confusão de fantasmas veio se engalfinhar em meu cérebro: Esfarelem-se nos labirintos das sombras os lamentos, nada posso renunciar sem morrer na lentidão da madrugada. E então um rosto a se sobressair. Afrodite. Mas dessa vez ela nada dizia. As vozes vinham das outras imagens: Abandonem-me as lanças pontiagudas. As cólicas flamejantes da cólera. Não me amedrontem relâmpagos insaciáveis da revolta. O frio no vitral de meus olhos me acuda a enxergar fundo onde já não cabe nada do que não é meu.

Era uma reza que meu inconsciente fazia. Súbito, acordei. Pensando a dez mil quilômetros por hora. Comecei a me lembrar da gente um tempo atrás em Copacabana, ela dizendo "eu podia virar puta". A frase ficou martelando no meu cérebro.

Tomei banho, vesti uma roupa e fui para o Baixo Leblon. Precisava beber alguma coisa. No caminho liguei para o ÉL. Ele veio me encontrar. Contei do sumiço de Nanda. Contei que tinha vasculhado todos os lugares. Se ela estivesse em algum lugar fora da Zona Sul eu jamais a encontraria.

Quando comentei, não sei bem por que sobre a estória de Copacabana, de Nanda dizendo que podia virar puta, ÉL, muito distraidamente, perguntou se eu já tinha ido procurar na Vila Mimosa.

No mesmo momento levantei e entrei num táxi.

*Vejo o céu noturno rasgar-se num machucado. Vejo um barco afundar no arco-íris. A chuva dói na janela e a lua apodrece feito laranja esquecida na fruteira. Nanda parece querer que eu tenha nos olhos nuvens que socorrem pássaros que desistiram de si mesmos no meio do vôo, e com isso eu não posso. Não posso com ela querer meu coração feito sapos que explodem em manhãs de domingo. E ela me conhece bem. E mesmo por isso vai tirando ideias da minha boca com beijos molhados e depois as sopra no ar. E esse é o ar que respiro.*

*Com um toque brando, feito descascasse a seda dos pêssegos, deixo-a nua. Caminho os lábios e logo chego na adega da sua alma. Há dor no cheiro dela. Não fosse a lei da gravidade e os seios dela seriam pequeninos satélites flutuando longe de minhas mãos. Os seios, luas sem lâmpada que ainda assim queimassem feito carvão em minha língua. Os seios, que contém sardas que são peixes que fogem para o meio das coxas com a mesma velocidade com que nadam os tubarões.*

*No fundo dos amantes estão constelações soterradas, estão asas e alçapões, as cócegas, o haraquiri, miragens sem proteção.*

*Sei que nunca deveria ter ido ao fundo de uma mulher como Nanda, de lá não se volta.*

O taxi me cuspiu na Praça da Bandeira, dali segui andando. Passei pelo esgoto a céu aberto, depois por baixo de um viaduto em que passava um trem em cima. Garoava, a rala luz dos postes, alguns com focos quebrados, de repente estava na Vila Mimosa.

O lugar parecia um enorme pesque-pague com ruas mínimas e gente demais. Alguns faziam churrasquinho na calçada. Funk, samba, pagode, rock, tocavam ao mesmo tempo. A fumaça se misturava ao cheiro forte de esgoto e pecado.

As putas rebolavam lânguidas feito camundongos pendurados pelo rabo, enfiadas em langeries e shorts cavados. Uma tosse me abateu. Eu suava sujo, tinha sido jogado fora. Não tinha sequer informações se Nanda poderia estar ou não na Vila.

Nem para os céus podia apelar, não era possível haver mistificação em alguém convalescendo no meio de prostituição, malandros decadentes, jogada às moscas. Até que essa velha loira me abordou. Antes de tocar meu rosto com seus dedos nodosos e longelíneos, tirou as luvas com os dentes. Hipnotizado a escutei. A velha tinha o rosto combalido por alguma doença, talvez AIDS. Eu conhecia essa face, a dos sonhos que às vezes me tomavam. Sim, Afrodite, porém envelhecida. Seus pulsos, tornozelos, tendões eram finíssimos. Ela estava familiarizada com a penumbra que nos cobria.

Tá assustado?

Não, eu disse.

A velha Afrodite sorriu: Que tal minha escultura corpórea?

Pra mim tá ok, eu disse.

Você não acha minha palidez um tanto estapafúrdia?, ela parecia bastante conformada com sua condição terminal.

Não sei se estapafúrdia é a definição mais adequada, Senhora.

Ela gargalhou. Me desvencilhei e segui excursionando por entre a Vila pornô. Eu era um morcego com olhos néon.

Mostravam-me línguas de todos os formatos e colorações lambendo a correnteza brumosa dos becos, nas bocas de bruxas masoquistas e fadinhas sádicas. Sentia-me esdrúxulo, recém saído da culatra de Flores do Mal. Mas eu estava despossuído de qualquer escrúpulo para sangrar publicamente. Nanda devia ter embarcado num dos vagões do metrô em direção à Estação Satanás, era isso, só podia ser.

Pensava o pior. Entrava e saía dos lugares. Nanda, amiga íntima do diabo, o pânico como sua poltrona de descanso.

Dobrei a esquina e caí numa rua deserta, a velha loira esquelética estava ali. Aves convulsas fugiram de dentro das árvores. A velha musa me escancarando os dentes. A peste evaporando dos bueiros. Luzes negras e estroboscópicas, o bate estaca da música vindo dos estabelecimentos, fumaça, assobios, os telefones públicos depredados, carcaças do que um dia foram cadeiras e mesas, postes de luz sem luz, o muro com um "fodam-se play-boys" pixado, tudo rodopiava.

O que você procura está lá, falou pausadamente Afrodite, apontando para um sobrado marrom, quase sem luz nenhuma.

Três da madrugada e o meu desassossego era essa menina sendo mastigada pelo coração das sombras. Entrei no puteiro, mostrei a foto de Nanda. Uma mulher de mais ou menos cinquenta anos e cabelos vermelhos me atendeu esfregando desodorante de creme no sovaco. Indicou-me os fundos da casa. Num quartinho precário a encontrei. Seu estado era lamentável. Anoréxica, a pele feito papel crepon, os olhos dois fundos de poço, a boca com dentes grandes. Por algum momento cheguei a confundi-la.

Onde anda o teu anjo da guarda que acabei eu mesmo tendo que vir te buscar?, pensei.

A dona do lugar me explicou que Nanda tinha sido encontrada pelo motorista de uma Kombi que servia de condução para as meninas da Vila. Nanda estava caída no acostamento da estrada, desacordada. Com medo de levá-la a um hospital e não saber como explicar o que fazia com a garota em tal estado, optou por levá-la para a Vila.

Ela me conta que Nanda nas primeiras horas em que esteve ali balbuciava "preciso morrer". Após lhe dar soro caseiro e fazer com que descansasse ela reagiu positivamente, mas não soube explicar de onde tinha vindo, nem onde morava.

Estava com os pés machucados, devia ter chegado andando no lugar onde foi encontrada. Sua intenção foi suicida, eu não tinha dúvida.

Agradeci a velha. Dei-lhe dinheiro, ela aceitou. Com calma despertei Nanda. Ela me reconheceu, sorriu e balbuciou: Bem que você disse que viria até o...

Nanda estava descalça, os pés com cascas de feridas. Vestia um conjunto de moletom um ou dois números maiores. A senhora me entregou as roupas com que Nanda tinha chegado. Farrapos lavados. Não havia mais nada, carteira nem documentos. Pendurei minha jaqueta nos ombros dela e a peguei no colo. Os músculos dos meus braços que conheciam com precisão seu peso, não o reconheciam agora. Tirei para o lado a franja que escondia seu rosto pálido com fundas olheiras.

Devo estar um mostro.

Psiu, não fala.

Ela emendou um difícil: Obrigada.

Carreguei Nanda pelo caminho todo. Por instantes parei numa esquina até passar um táxi: Para o Copa D´Or, amigo.

Hospital não, por favor, pediu.

Sua voz derretia em cada palavra: Me leva pra casa.

Eu não conseguia conter as lágrimas. Eram 4:48 da manhã quando cruzamos o Aterro do Flamengo a oitenta por hora. Colei minha boca no ouvido dela: Chega de loucura.

A ponta dos meus dedos impediram um pedido de desculpas, sentiram as feridas de seus lábios secos. Fazia frio. Chegamos em seu apartamento na Barra. Carreguei-a para cama. A cobri. Deixei somente um farelo de luz no abajur. Fui até a cozinha preparar um café. Voltei, Nanda dormia apaziguada.

*Agora ela está aqui com sua boca, seus dentes se abrindo no chão, me sugando, mordendo os ossos, atacando a carne do pescoço no prato que servi. É uma boca com a qual não estou mais habituado, não é meiga, nem dona de palavras de consolo, porém rica em amuos e dengos sonoros que cortam. Sua voz provoca calafrios se você não estiver preparado.*

*Devo estar em coma, tudo o que Nanda diz parece significar "eu sei que antes de te amar eu já te matava".*

*Olho para ela. Ela segura minhas mãos: Júlio.*

*Oi.*

*Devo algo a ela. Lembro de um dia ter entrado num bar em Ipanema e pedido que cantasse uma balada especial.*

*Agora é a minha vez. Algumas mulheres quando as escavamos, não encontramos aqueles típicos monstros de ventosas, mas odores de licor e pororoca, afrescos desenhados com o hálito e o ferrão das lágrimas. Sabe, algumas mulheres mordemos, depois costuramos com relâmpagos. Ela só precisa da deixa. Então pergunto: O que você quer afinal de contas?*

*E Nanda, com a clareza de um tiro de misericórdia: A gente tem uma filha, de cinco anos.*

Há poucas horas pensava que só a encontraria morta, agora ela estava ali. Fiz um carinho em sua testa relaxada. Embalei seu sono com uma cantiga de fogo brando. Beijei levemente a face que o desespero também tinha beijado. Chorei baixo. Lá fora fazia um tempo constipado. Mas estava tudo bem agora. O medo de perdê-la tinha desaparecido. Éramos peixinhos frágeis nesse mundo ilimitado. Colecionadores de fragilidades naufragadas. Estávamos doentes. Nanda podia ter morrido. Agora que tipo de paz se aconchegava dentro dela quando as pálpebras se fechavam? Eu já sabia que seus olhos eram catedrais onde missas badalavam com fé. E o silêncio jantava jardins recônditos, oásis e paraísos escondidos no vasto deserto do sono.

Ao vê-la adormecer queria ter escrito uma canção de ninar e povoar seus sonhos ora escuros feito o mar. Uma canção que fosse não um crucifixo esquecido nalguma gaveta do passado e que já não intervinha por nós. Mas uma reza pontiaguda e luzidia que aniquilasse meu desamparo de perdê-la para sempre, se é que isso já não tinha acontecido.

Segui compondo seu sono madrugada dentro. Segui fazendo o que sabia pouco: cuidar do meu amor. Minha maneira de rezar era vê-la respirar dormindo. E eu era uma pedra inquieta no meio da madrugada. E, sim, esse é o poema de um sonâmbulo.

Fui até o armário, peguei outro cobertor de flanela e ajeitei sobre ela. E fiquei ali sentado, segurando sua mão. O amor exige no mínimo a palma da mão.

Não era mais possível nossa convivência. Esse turbilhão tinha levado Nanda a quase morrer. Eu não tinha escolha. No dia seguinte, com suas amigas, descobri que Nanda tinha um tio. Liguei para ele, expliquei, e então o tio tomou todas as providências. Ela foi internada imediatamente numa boa clínica. O tratamento correu bem. Ela se recuperou, para os padrões da doença, com uma certa rapidez até.

Estive ao seu lado nos primeiros momentos, mas depois dei espaço para a família e os amigos próximos, que podiam fazer mais e melhor do que eu. Mesmo assim ia visitá-la pelo menos duas vezes por semana, primeiro no hospital, depois em casa.

Mas quem é capaz de manter o sangue-frio a ponto de se entregar de bandeja à loucura diária em que tudo é incerto? Um mês e pouco depois, quando já fazia quase dois anos e meio da minha chegada ao Rio, resolvi deixar para trás a insânia acumulada. Parti sem coragem de dar adeus. Sem me despedir de ninguém. Sem deixar bilhete. Fiz as malas, paguei o que devia a Dona Elza, e

*vim para casa.*